Fan
ファン文庫

JN175025

花屋「ゆめゆめ」で
不思議な花束を

著　編乃肌

マイナビ出版

目次

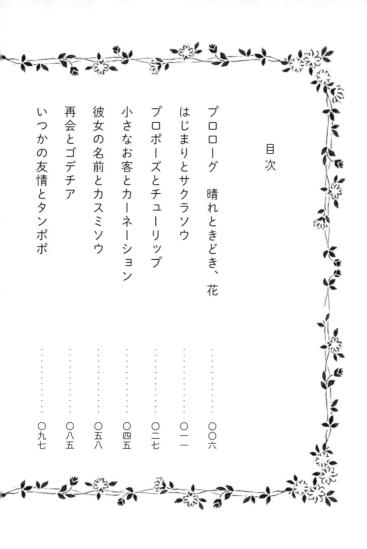

編 乃 肌
written by Aminohada

花屋「ゆめゆめ」で不思議な花束を

プロローグ　晴れときどき、花

「コンビニの店員、ファミレスのウェイトレス、ケータイショップの販売員……接客業は私にはちょっとハードル高いかなあ」

いっそ新聞配達とか？

悠々と雲が流れる、晴天の空の下。

ブツブツとひとり言をこぼしながら、大学の帰りに立ち寄った商店街の外れの小さなカフェテラスで、木尾《きお》蕾《つぼみ》は求人フリーペーパーを読んでいた。

丸テーブルの上に肘《ひじ》をつき、さまざまなお仕事情報に視線を走らせる。

季節は空気がふわりと綻《ほころ》ぶ春。大学生になって、人生初のバイト探しの最中である。

「でも可愛い格好で働くのには憧れるし……。そうなるとやっぱり接客業……っと」

蕾以外に客のいなかったテラスに、ひとりの男性がやってきた。コーヒーの紙カップを持ったいかつい格好の彼は、蕾の近くの席にどっかりと座る。慌てて口を閉じ、蕾は冷たいミルクティーを一口すすった。

集中していると無意識にひとり言を落とす癖は、いい加減直したいところだ。

だがそう思った矢先。隣の男性の手首から二の腕にかけて沿うように咲く、細長い茎にいくつも赤い花をつけた〝ソレ〟が視界に入り、蕾は「あ、グラジオラス」とつぶやいてしまった。

グラジオラスは、茎に連なった花がポンポンと、下から上へと階段を上るように順に咲く。花の色の種類が豊富で、形状は豪華かつ華やかだ。

季節的に開花時期はまだ先だが、今は植え時にあたる。春に植えて夏に咲く高身長な巨人型のグラジオラスと、秋に植えて春に咲く小人型なグラジオラスがあり、よく見かけるのは巨人型のほうだ。鋭い剣の形をした葉をしていることから、ラテン語で剣を意味する。

ええっと、花言葉はなんだっけ？　蕾が考えていたとき、着信音が鳴り、だらしなく椅子に凭《もた》れていた男性がスマホを耳に当てる。

「なんだ、美奈子《みなこ》。フラワーアレンジメント教室の方は終わったのか？」

なかなか答えが出ず、うーんと悩む蕾の耳に、男性と電話の向こうの人との会話が入り込んでくる。

気安い様子、名前からして女性だろうし、彼女だろうか。

フラワーアレンジメント教室に通っているらしい彼女と、なにかグラジオラスに関する微笑ましいエピソードでもあるのかもしれない。人は見かけによらないものだ。

「バスから降りたとこ？　そこからならどのくらいだ？　……すぐだな。俺はもう待ち合わせ場所にいるぞ。近くのカフェに入ってる。さっさと来ないと、お前の見たがっていた映画に間に合わねえぞ」

ほら、やっぱりデートだ。

そういった相手のいない蕾は、素直に羨ましく思った。

しかし、明るく弾んだ様子だった男性は、次いで機密事項でも伝えるかのように、急に声を潜めて話しだす。

「……加菜《かな》には、俺と会うことはバレていないだろうな？　同じ教室に通っているんだろ？　いや、わかってるって。いずれはちゃんと別れ話もするって。でもアイツ、若干《じゃっかん》病んでるとこあって怖いんだよ。絶対バレないようにしろよ？」

俺、マジで殺されるから。

そんな不穏な話をバッチリ聞いていた蕾は、肝を冷やす思いがした。

二股かよ！　加菜さんヤンデレなのかよ！

花言葉を考えるどころではなくなってしまい、蕾はひたすら「聞いていませんよ、私はただ求人誌を読んでいましたよ」アピールをして縮こまる。

「待った？　茂《しげる》」

間もなく新しい人影が現れ、濃いめの化粧に踵《かかと》の高い靴を履いた女性が、男性のもとへと近寄った。彼女が美奈子さんらしい。そんな彼女の片腕にも、茂と名を呼ばれた男性と同じ、まっ赤なグラジオラスが咲いている。

ふたりは軽い会話を交わし、飲み物を置いてさっさと立ち去ろうとしていた……しかし。

「茂、美奈子……これはどういうこと？」

テラス席の入り口にいつの間にかひっそりと佇んでいたおとなしめな装いの女性が、虚《うつ》ろな目でふたりに声をかけた。「か、加菜っ⁉」「どうしてここに⁉」と焦るふたりに、加菜さんは「茂のメッセージアプリ見ちゃったの……。前々から怪しいと思ってたけど、デート現場を押さえてやろうと思って」と狂気じみた笑みを浮かべている。

そんな彼女の片腕にはまた別の、ツル性の観葉植物であるアイビーがグルリと巻きついていた。

「かんちがいだって！　これは……」

「許せない……あなたたちを殺して私も死ぬ！」

蕾は「まさかの昼ドラ⁉」と顔を青ざめさせ、飲みかけのミルクティーを放置して逃走した。

走っている最中に、蕾はようやく思い出す。

グラジオラスの花言葉は、『密会』『用心』。

古代ヨーロッパでは、人目を忍ぶ恋人たちがグラジオラスの花の数で、密会の時間を知らせていたとされ、それが由来となっている。

浮気をしていたらしいあのふたりにはぴったりだ。

そしてアイビーは、長く伸びるツルが永遠の愛のシンボルとして、結婚式の飾りなどでも人気が高く、『不滅』『結婚』『誠実』などの意味もあるが、もうひとつ。

ちょっぴり怖い『死んでも離れない』という言葉もある。

花言葉もバカにできない……と、全力疾走しながら、蕾はあらためて古代ヨーロッパの方々に敬意を抱き直した。

カフェでバスが来るまで時間を潰すつもりだったが、予想外の出来事で追い出されてしまった蕾は、そのまま徒歩で帰宅することにした。バスに乗った方がもちろん早いが、歩きで帰れないこともないのだ。

呼吸を整えたあと、蕾はハーフアップにしたセミロングの黒髪を揺らしながら、商店街の中をどこか懐かしむ気持ちで歩いていた。

歩いて帰るのは、ずいぶんと久しぶりだ。

天気がいいせいか少し寄り道がしたくなって、歩くペースを落とし、ゆっくり周りを見る。

たしかここの角を右折したら……と、約一年前の黒歴史を含む思い出を紐解きながら、奥まった通りに入ると、目に飛び込むのは一軒の花屋。

彼女がかつて自転車で突っ込んだその店、花屋『ゆめゆめ』は、思い出と寸分たがわぬ姿で、その場所で花を咲かせていた。

はじまりとサクラソウ

それは、蕾がまだ制服を着ていた、高校三年生の頃の話である。

下校中に前触れもなく、愛用の自転車のチェーンが外れて。

彼女は不幸にもそのままバランスを崩し、商店街の花屋の店頭に並ぶ、可憐に色づく花たちに、盛大に頭から突っ込んだ。

世界が反転した。

脳内に星ではなく花弁が散った。現実でも散った。

そのときの事の顚末《てんまつ》を、蕾は一から十まで嫌になるくらい覚えている。

主を放り出した自転車は、華麗なスライディングを決め道路に転がった。蕾はなにが起こったのかわからず、しばし起きあがることもできなかった。

買い物客が少ない時間帯だったため、人通りも車もなかったのだけが救いである。

蕾の住む地域は、駅を中心に南側は再開発が進み、大きなショッピングモールや新築マンションなどが聳《そび》え立っているが、蕾の家がある北側は目立った建物はなく、昔ながらのこの小さな商店街があるだけだ。

木造りの棚に並んでいた切り花の入ったバケツは軒並み倒してしまったが、なんとか人を巻き込む事故だけは避けられた。

打撲に擦り傷、捻ったらしい足首の痛みに襲われた上、倒れたバケツの水をかぶり全身がずぶ濡れだ。枝毛ひとつない自慢のストレートヘアもぐちゃぐちゃ。ひどく惨めで泣きたい気持ちが込みあげながらも、なんとか奮起し、蕾はへたり込んだまま顔をあげた。

「ごめんなさい！　本当にすみません！」

そして状況を理解して、青ざめながらも真っ先に蕾が取った行動は、そう謝りながらバケツを直し、無惨にも茎が折れ商品としての価値を失ってしまった花たちを一本一本拾い集めることだった。

謝った相手は、その花たちだ。

まだ混乱の最中にあった蕾は、自分が激突したことで、誇らしげに咲きお客様を待っていた花の、誰かの手に渡る未来を奪ったことに対して深い罪悪感を抱いたのだ。

いつも通学ルートで通りすがるこの花屋の花たちを、蕾は「いいなあ、綺麗だなあ」と、微笑ましい気持ちで眺めていたというのに。そんな自分が、まさかの花泥棒ならぬ花潰しである。

謝らねば、花たちに誠心誠意。

半分パニック状態の蕾はそう思った。

正しくは、謝る相手は店長だろう。花に謝ってどうする……今思えば、物言わぬ花相手に謝罪し続けた自分の滑稽さに悶えたくなるが、あのときは必死だった。

なお、実際にあとで蕾は花屋とは思えない凶悪面の店長に、半泣きで謝罪した。店長が思いがけずいい人で、「気にするな」と弁償はしなくていいと言ってくれたが、さすがにそこはきちんと払った。でも半額にしてくれた。

とにかく、そのときの彼女は身も心もボロボロな状態で、店頭に座り込んで必死に手を動かしながら、花を相手に「ごめんさい」を繰り返した。

乱れた服や髪を直すのも、痛む体の節々を気遣うのも二の次だった。

そんな哀れな蕾に、「大丈夫ですか!?」という声と共に駆け寄ったのは、奥で店番をしていた大学生くらいの青年。

手伝いをしていた店長のひとり息子である。

身長が高く端正な面立ちで、柔らかな目元が印象的な彼は、『ゆめゆめ』と店ロゴの入った、可愛らしいピンクのエプロンがやけに似合っていた。

イケメンな上に物腰も穏やか、愛想もバッチリで近所の奥様に大人気。

蕾は行きつけのパン屋のおばさんが、彼のことを『フローラル王子』と呼んでいたのを聞いたことがあった。だが噂を耳にしたのと、遠くから見かけたことがあるだけで、間近で相対するのはこのときが初めてだった。

彼は、蕾の集めたひどい有様の花を丁寧に受け取り安心させるように微笑んだかと思えば、そっと片手を差し出し、優しく蕾を助け起こしてくれた。

花を取り扱うことで荒れた手は、お世辞にも綺麗とは言えなかったが、蕾は彼の手に触れ、不思議と心がホッと落ち着いたものだ。おまけに彼は「失礼します」とひと声かけて、蕾の黒髪に乗っかっていた、一番派手にぶちまけた花の欠片《かけら》も取ってくれた。

なんともスマートなその動作に、蕾は照れより先に「本物の王子だ……」と、変に感動してしまったのである。

そのあとは、店内に招かれ簡単な応急処置をしてもらい、王子お手製のハーブティーまでいただくことになってしまった。落ち着いた頃にパートが終わった母親に連絡を取り、慌てて迎えにきた母と諸々の後始末をして、この件は一応片付いた。

しかし。

この黒歴史極まりない事件が、のちに蕾の人生を大きく左右する、最大の要因となったのだ。


事件の次の日。

バケツの水を思いきり被ったせいか、蕾は不幸のミルフィーユ状態で風邪を引いた。

高熱に浮かされる妹を心配し、ふたつ年上の大学生の兄、幹也《みきや》はサークル活動を早めに切りあげ、帰宅後は看病役としてずっとそばについていてくれた。いつも意地悪な兄が、このときはちょっぴり優しかった。

そんな幹也に感謝しつつ、薬を飲んでひと眠りし、やっと熱が引いてきた頃。重い瞼《まぶた》を押しあげた蕾は、信じられない光景を目にする。

幹也の頭に〝花〟が咲いていていたのだ。

比喩などではない、本物の花である。

大学デビューで金髪に染めたものの、そのまま一年以上がたちプリンヘアになっている幹也の頭のてっぺんで、それはしっかりと根付き生えていた。色は鮮やかな黄色。人の顔に似た模様の入っている花は、蕾でも名前を知っている有名なスミレ科の一年草、パンジーだった。

前に園芸部の友人が、育てやすくガーデニング初心者におすすめだと教えてくれた。ついでに、名前の由来は、模様が物思いに耽《ふけ》る人の顔に見えるので、『思索』を意味するフランス語の『pensee《パンセ》』からとって名付けられたのだとも。

新しいファッションか、熱による幻覚か。

だが造花や幻だと思うには、それはあまりにもリアルだった。

おそるおそる幹也に「あの……お兄ちゃん、頭に花咲いてるよ？」と進言すれば、彼は「俺の頭がお花畑だとでも言いたいのか？　大学生になって初めてできた彼女に、浮かれすぎているとでも？　心配して損した、バカ妹！」と、なにやらひとりでキレて部屋を出ていってしまった。兄の被害妄想感は否めないが、誤解を招くような言い方をした蕾も悪いので仕方ない。

蕾は、花屋の店先に頭から突っ込むという事件を起こしたのを境に、人の体に咲く謎の花が見えるようになってしまったのだ。

この奇妙な能力は、地元の大学の文学部に進学した一年目の今でも、変わらず続いている。

最初は未知なる病気か、はたまた花の呪いかと怯えていた蕾だが、花自体には触れられなく見えるだけで害はないので、日常生活への支障もとくになく、いつの間にか見慣れて受け入れるようになった。

花は蕾にしか見えず、体のドコに咲くかは人による。幹也のように頭に限らず、手の甲だったり背中だったりと、花も多種多様なら、咲く箇所も十人十色だ。

ただ、会う人会う人、全員に咲いているわけではない。

これは徐々にわかってきたことだが、花が咲いているのは、〝その花にまつわるなにかしらの想い入れがある人〟だけなのだ。

たとえば、幹也の頭に咲いていたパンジー。

あれはどうも、彼が所属していた大学のボランティアサークルで、初めてできた彼女と『小学校の緑化プロジェクト』で一緒に植えた、恋のきっかけのような花だったらしい。

当時の幹也の浮かれっぷりは凄まじく、道端でパンジーを見る度に立ち止まり、デレデレと鼻の下を伸ばしていたことを、蕾はあとから思い出した。

しかしながら、そこにある想い入れが消失すれば、花も消えて見えなくなるということを、蕾に身をもって教えてくれたのも幹也だった。

能力にまだ戸惑いつつも、わずかに慣れてきていたある日。

生気のない顔で帰宅した幹也の頭にあったはずのパンジーがなくなっていて、蕾は密かに驚いた。聞けば、彼女に思いっきりフラれたらしい。

パンジーが消えたのは、彼女との思い出も、同時に彼の中で消失した故だろう。どうやら大学一のモテ男くんと二股され、「ごめんね、あっちが本命なの」と一方的に別れを切りだされたという。想いもなにもあったものじゃない。彼の恋の花は文字どおり枯れたのだ。

別れても綺麗な思い出が残っていたら、幹也の頭にはまだパンジーが咲いていたのかもしれないが。

「蕾……やっぱ俺、二次元に帰るわ」と言って、高校で終えたはずのオタク趣味に回帰した兄を、蕾は温かく見守ることに決めた。

そのような経緯もあり、己の望んでもいない奇妙な力を理解した蕾は結局、誰にもそのことを相談できないままでいた。

一方で蕾は、この不思議な能力を身につけてから花について調べるようになり、ちょっとばかり詳しくなった。

とくに花言葉は由来も含めてなかなかおもしろく、好んで本なども何冊か購入した。花を咲かす人の持つエピソードは、花言葉に絡んだものも多いのだ。

花言葉は各国の風習や歴史、時に神話などから生まれてくるため、同じ花でもまったく異なる意味を持つ場合も多い。日本に花言葉という文化が入ってきたのは、十九世紀末の明治初期。起源はヨーロッパにあるとされ、外国の花言葉がそこから日本風にアレンジされていったという変遷もある。花言葉というのは、恋慕う相手に文字や言葉ではなく、花に想いを託して贈っていたところから来ているとか。そういう風習をselam《セラム》と言うらしい。

なんともロマンチックな話に乙女心を刺激された蕾は、この薀蓄《うんちく》を兄に語って聞かせたこともあるが、件《くだん》の失恋で深手を負っていた兄は「古代のリア充共が……」と憎々しげに毒を吐いていた。

こうして、高校生から大学生になり取り巻く環境が大きく変わっても、視界をかすめる人の思い出に咲く花たちと、蕾は変わらずお付き合いを続けているわけである。

*

グラジオラスを咲かせた彼の修羅場から逃走し、かつての『暴走自転車花屋激突事件』の事故現場でもある花屋『ゆめゆめ』の前で、蕾は感慨深く建物を眺めていた。

小さな街の花屋さんらしく、こぢんまりとした店構え。

店頭には、バケツに入った切り花や観葉植物などが棚に飾られており、お澄まし顔でお客さんを待っている。大きなガラス面を嵌《は》め込んだ入り口の木製ドアは、西洋の街並みを思わせるお洒落なデザインで、つい好奇心で開きたくなってしまう。

薄い桃色のオーニングテントに、白抜きの文字で『ゆめゆめ』と店名が描かれているのも、どこか親しみやすく可愛らしい。

「変わってないなあ」

あのときは本当にごめんなさい、と心の中で謝りつつも、蕾は小さく笑みを浮かべる。

事件があってから気まずくて通学ルートを変更したため、ここに来るのはあの日以来だが、好きだった場所がそのままあるというのは嬉しいものだ。

花はある意味、日常的に見慣れている蕾だが、花屋で見る花はまた特別なのである。

「ん？」

満足して立ち去ろうとしたところで、鉢植えのそばに木枝を組んだイーゼルスタンドが、ひっそりと佇んでいることに気づいた。乗っているコルクボードに気になるチラシを見つけ、蕾は再び足を止める。

『アルバイト募集！　未経験者歓迎！　お花と一緒に働きたいあなたを待っています』

「……花屋さんでバイト、か」

求人誌を仕舞ったトートバッグの紐を握り、蕾はチラシの文字を目で追う。

異様にうまいバラのイラスト入りの手書きのチラシには、時給や勤務時間など諸々の条件が載っていた。

ちょうどバイトを探していたところだし、心惹かれるものはある。それによくよく考えてみれば、人に咲く花が見えるという能力を持つ自分に、花屋の仕事は打ってつけなのではないだろうか。このイマイチ箸にも棒にもかからない能力を、少しは活かせる機会になるかも……と蕾は思案する。

「いや、でも。花屋でバイトするにしても、ここはダメだよね」

もう過去のことといえ、この店で盛大にやらかしたのは事実。面接を受けても速攻で落とされるおそれもある。

やっぱりバイトは他で探そうと、今度こそ蕾が踵《きびす》を返そうとしたときだ。

「あの……とても真剣に募集チラシを見ていましたが、もしかしてうちでのバイトに興味ありますか？」

耳当たりのいい柔らかな声。

綺麗に染まった明るい茶色の髪は、陽のもとでキラキラと輝き、花たちのカラフルな色を背景にするとよく映える。端正な面立ちも相俟《あいま》って、あまりの眩しさに蕾は目を細めた。

しっかりと身長もあるイケメンなのに、ピンクのエプロンがよく似合う。

小振りの鉢植えを抱えて店内から現れたその人物こそ、蕾の記憶の中でもひときわ鮮明な色を残す、フローラル王子、夢路《ゆめじ》咲人《さきと》だった。

彼の胸元あたりにも、茎先から数十輪の花をつける、上品な淡い紫の花が咲いている。

それは蕾にもたしかに見覚えのある花だったが、とっさに名前が出てこなかった。

それよりまさかの王子の登場に、大袈裟なほどうろたえてしまう。

「あ。いや、えっと、私はっ」

「ん？　というか、もしかして君って……」

咲人にまじまじと見つめられ、蕾は緊張で体を硬直させる。

「あの自転車の子？　うちの花に自転車で突っ込んだ、あの女の子っ？」

「う……そ、そうです。その暴走自転車娘、です」

げっ、覚えられていた！

いっそ忘れていてくれればと期待したが、咲人の脳内メモリーカードにも、蕾のことはバッチリ記録されていたようだ。

嫌悪感などを示されなかったのには、ホッとしたが。

それどころか彼は、「すごいな！　バイトの募集を開始して一日目で、一番に君が来るなんて」と、やけにテンションをあげて喜んでいる。

「よかったら、中で話をしようよ。今はお客さんもいないし、詳しい勤務内容とかも教えるよ。あ、このあと時間は大丈夫？」

「じ、時間は大丈夫ですけど……」

「それならよかった！　じゃあ中へどうぞ」

にこにこと満面の笑みを浮かべ、砕《くだ》けた様子を見せる彼は、存外マイペースで強引だった。

手の中にある植木鉢のサクラソウに、「さっそくバイト候補さんが来てくれて嬉しいね」と、素で話しかけていることからも、なんだか隠しきれない変人臭がする。

過去のイメージでできあがっていた、蕾の中での完璧な『フローラル王子』像とは、すでにいささかズレが生じていた。

「そうだ、また温かいハーブティーもご馳走するよ？」

「お、おかまいなく」

……しかし、そんな彼のほんわかオーラに流されて、気がつけば蕾は店内に足を踏み入れてしまったのだ。


「だからね、サクラは日本の心とまで言われるくらいだし、サクラソウもまた、古くから日本人に愛されてきた花なんだよ。江戸時代を代表する俳人、小林一茶が『我が国は草も桜を咲きにけり』って、サクラソウのことを詠んだ句もあるんだ。これは、日本では草といえども美しく咲く、という意味らしいよ」

「あ、その話は知っています。有名ですよね。サクラソウの名称の由来も、サクラに形が似ていることからでしたよね。その愛らしい姿にちなんで、花言葉もそのまま『かわいい』とか、『初恋』『少女の愛』とか、乙女チックですよね」

「おお！　なかなか博識だね、蕾ちゃん！　じゃあ、これは知っているかな？　ドイツ語でサクラソウは、『鍵の花』とも呼ばれているんだ。ドイツにこんな物語があってね。病弱な母を想う心優しい少女が、ある日、精霊からサクラソウの花束を受け取るんだよ。その花束を、精霊が守るお城の鍵穴にさし込むと、門が開いて宝物をもらえたってお話。こっちは乙女チックな上にロマンチックでしょ？」

「へえ……それは知りませんでした。そして咲人さんがお城とか言うと、違和感なさすぎて恐ろしいくらいマッチしますね」

外観の印象よりも広い店内に、足を踏み入れてもう三十分。

仕事内容や勤務条件といった真面目な話から始まって、意外と花屋は力仕事で軟弱だと厳しいとか、手荒れが酷いとかの苦労話も挟みつつ、なぜか気づけばふたりは、『お花トーク』に和気藹々《わきあいあい》と文字どおり花を咲かせていた。

テーマは本日入荷したての、観賞用としても人気の高いサクラソウについてだ。

先程、咲人が運んでいた花である。

咲人は現在大学三年生。なんと蕾の兄と同じ大学に通っており、学部は異なるが滑り込みで入った兄とはちがって、特待生枠で入学したほど頭がいいらしい。将来はお父さんのこの花屋を継ぐために、経営について勉強中だとか。

蕾と咲人は過去に面識はあったが、ちゃんと自己紹介をしたのはこれが初めてだ。

おずおずと名乗った蕾に、恥ずかしげもなく「蕾ちゃんかあ。これから綺麗な花が咲きそうな、素敵な名前だね」などとのたまわった咲人は、やっぱりどこか天然な変人さんであった。

おまけに、フローラル王子の名に恥じない生粋の花好きである。

「あと外国の豆知識だと、サクラソウは悪しき者の害を防ぐ力もあるとか言われているね。

イギリスでは復活祭……イースターだね。その際に、教会の装飾にもサクラソウを使うみたい。ぜひ一度、本場で見てみたいものだよ」

「サクラソウってすごいんですね……ていうか、咲人さんの知識もすごいです」

「いやいや、蕾ちゃんだって詳しいよ。花にもとから興味があるの？　それともサクラソウに想い入れが？」

「友人にサクラソウを肩に咲かせていた子がいたので……」

「肩にサクラソウ？」

「あ、いやなんでもないです！」

ごまかすように蕾は出されたハーブティーを飲み干し、「もうそろそろ帰りますね！」と、カウンター横に置かれた椅子から立ちあがった。背に模様が施された、凝った意匠の椅子がガタリと音を立てる。

この椅子の他にも、この花屋の店内には、ところどころにアンティーク調のものが取り入れてある。褪《あ》せた文字盤に針が鍵の形をした、茶色の壁掛け時計。彫りが細かく、木目の綺麗なウォールシェルフ。

多様な花の溢れる色彩と、落ち着いた風合いの家具や雑貨等がうまく嚙《か》み合い、店内は温かな雰囲気で満ちていた。

このまま去ることを少し名残惜しく感じながらも店から出て行こうとする蕾に、咲人はカウンターの向こうから声を飛ばす。

「アルバイトの件、考えてみてね。働く気が湧いたら、今度は一応、履歴書も持ってきて。父さん……店長と面接もあるから。俺の一次面接はもうバッチリ花丸合格だけど！」

「さっきの一次面接だったんですか⁉」

ほとんどサクラソウのことしか話してないのに！

驚く蕾に、咲人は「花好きなことが第一条件だからいいんだよ」と笑う。

「やっぱりお花屋さんには、可愛い女の子の店員さんがほしいしね。男ふたりだとまさに花がないよ、花屋なのに。こんなむさい男の俺が、ピンクのエプロンをして花を売るよりいいでしょ？」

「咲人さんがむさい男なら、うちの兄なんて北京原人ですよ……」

「あははっ。ただ、ちょっと説明したように、花屋って植木や水の入ったバケツを運ぶ重労働もあるし、生ものである花の取り扱いはやっぱり繊細で、大変な面も多いから。そこも踏まえて、蕾ちゃんがうちで一緒に働いてくれるなら、俺は嬉しいよ」

ちょっとだけ期待して待っているね、そう手を振って見送ってくれた咲人に、蕾は「ずるいなあ」と思った。

あんな言葉を笑顔のリボンで飾られ贈られたら、すぐに履歴書を買いにコンビニに寄ってしまう。

自身の特殊な力のこともあるし、もとより興味のある仕事だ。事件のせいで避けてはいたが、あの場所にも憧れていた。今日、また店内に足を踏み入れて、ここで働いてみたいと強く思った。

もはや断る理由が見つからない。

「サクラソウの花言葉には、『希望』って意味もあったっけ……」

早くも新しい花屋でのバイト生活が希望に満ちたものになるといいなと、蕾は揺れるサクラソウの花弁を思い出しながら、履歴書の入った袋を片手に帰路についたのだった。

プロポーズとチューリップ

「お買い上げありがとうございました！」

なるべく意識してお腹から声を出し、蕾は深々と頭を下げて、店を出て行く客を見送った。背中が見えなくなったところで、体を起こして「ふう」と息をつく。

カウンターの端で鉢物に巻くためのリボンをつくっていた咲人は、そんな蕾にニコニコと笑みをこぼす。

「いい挨拶だったよ、蕾ちゃん。接客の基本はもうバッチリだね」

「え、ほ、本当ですか？」

「うん。さっきのお客さんの相手も、最初のぎこちなさが取れて、自然に応対していたし。花の扱いもだいぶ慣れてきたね」

すごいよ蕾ちゃん、と惜しみなく賛辞をくれる咲人に、蕾は照れて縮こまる。

無事、店長の面接もパスし、蕾が『ゆめゆめ』でバイトを始めて、もう一か月近く。

初めてのバイトで戸惑うことも多かったが、咲人の言うように、蕾はここにきてようやくこの花屋さんライフにも慣れてきていた。もともと日常的に花を見る生活をしているためか、花に囲まれた空間自体にはすぐ馴染めたのだ。

シフトは週に三、四日ほど。土日は出られる日は開店から閉店まで、平日は大学の授業がない時間に合わせて出勤している。

やっと常連のお客さんにも顔を覚えられ、ピンクのエプロンもちょっと板についてきた今日この頃。

しかしながら、一人前にはまだまだ遠い。

「接客は進歩したかなとは思うのですが、花の扱いはまだ自信が……」

「そうなの？　でもこの短期間で、水揚げの方法をいくつも習得したじゃないか。やっぱりすごいよ」

ひたすら褒めて伸ばす教育方針の咲人の言葉は、いつも嬉しいがむず痒《がゆ》い。

だいたい、元来もの覚えがけっしてよい方ではない蕾が、水揚げの方法を少しずつ、だが確実に習得できたのは、ひとえに咲人の教え方がうまいからだろう。

水揚げとは、切り花が水を吸いやすいように処理を施すことをいう。

根から水を吸える状態とちがい、切り花は水を吸う力が弱い。それを助けてあげるのだ。

ただひと言で水揚げといっても、花によって適した方法はちがう。たとえば花屋の王道商品、ガーベラなどはもとから水上がりのいい花なので、吸水面を大きくするため茎を斜めに切る、代表的な『水切り』という方法を用いる。

が、他にも沸騰させたお湯に茎をつける『湯揚げ』や、水の中で茎を折る『水折り』など、多種多様な方法を覚える必要がある。

必死にメモを取る蕾を急かすことなく、咲人は実践も交えてひとつずつ教えてくれた。

「もう少ししたら、花束のつくり方も教えるね」

「えっ⁉」

「あ。けどそれは、父さんに習ってもいいかも。あの人、あんな任俠《にんきょう》映画に出てきそうな見た目だけど、花束作りの腕は一級品なんだよ」

「誰が任俠映画だ」

外で水やりをしていた店長こと、夢路葉介《ようすけ》が、息子である咲人の背後からぬっと現れた。

「おう、蕾。さっきの接客はよかったぞ。客も笑顔で帰って行ったし、今後もあの調子で頑張れよ。……俺は店先にいたガキに話しかけたら、また泣かれたぞ。俺も泣いていいか」

「店長……」

葉介は大柄な体にしょんぼりと陰を背負いながら、黙々とカウンターの上を片付けはじめる。

葉介はデカい図体に加え、とにかく顔が怖い。ただでさえ目つきが極悪でいかついのに、頬に一筋入った大きな切り傷が、また彼の迫力に拍車をかけていた。

「ヤクザとの抗争で……」「若い頃に不良同士の決闘で……」などとご近所さんに噂されているが、蕾は知っている。

あの傷は、葉介が花屋家業を始めたばかりの頃に、誤ってフローリストナイフで切ってしまっただけなのだということを。フローリストナイフとは、お花屋さんアイテムのひとつで、植物をカットするための専用ナイフだ。

たしかに蕾も、例の事件の初対面時は「前科何犯ですか？」と、思わず尋ねそうになったが、本当の彼は、超がつくほど親切ないい人である。

怖がられるので、接客よりも花の仕入れや配達を主に担当しているが、花の知識は咲人以上だし、見た目からは想像もできない繊細な手つきで花を扱う葉介を、蕾は純粋に尊敬している。

それに、これは蕾にしかわからぬことだが、葉介の太腿《ふともも》あたりには、ピンクの可愛らしいチューリップが、控えめに揺れているのだ。

その花言葉は、『愛の芽生え』『誠実な愛』。

そんな花を咲かせるような人が悪人のはずがないと、蕾はご近所さんに訴えたかった。

「父さんは顔で損しているからねー」

「お前は顔で得しているよな」

香織《かおり》に似やがって……と葉介は苦々しくつぶやく。

葉介の妻にして咲人の母親、夢路香織は長く病気を患《わずら》い、入退院を繰り返していたが、昨年亡くなってしまったという。この店を葉介と立ちあげた人物であり、店内に置かれたアンティーク類は、すべて彼女の趣味だったらしい。

咲人の整った面立ちを見るに、余程の美人だったのだろう。

直接聞いたことはないが、蕾はきっとあのチューリップは葉介と香織の思い出の花なのだ……と勝手に思っている。

「なんで客からのあだ名が、お前が『王子』で俺が『魔王』なんだ……っ！」

「じゃあ蕾ちゃんは、囚われの『お姫様』だね」

「ええ⁉」

そんな雑談を交わしていたら、チリンチリンと来客を告げるベルが鳴った。

すぐに気づいた咲人が、「いらっしゃいませ」と営業スマイルを向ける。遅れて蕾も、開いたドアの方に視線を向けた。

入ってきたのは、野暮ったい眼鏡にくたびれたスーツ姿の、三十代前半くらいの背の低い男性だった。

丸顔の童顔に、キッチリしめたネクタイと整えた髪型がアンバランスだ。いかにも気弱そうな印象で、キョロキョロと店内を見回している。

体のドコにも花は咲いていないので、思い出の一本を探しているとか、そういうのではなさそうだが。

そのあまりにも挙動不審な様子に、蕾は「なにかお探しですか？」と気づいたら声をかけていた。

「うえ⁉　え、えっとっ！」

大袈裟なほどの驚きを見せる、サラリーマン風の彼。つい蕾の脳内に浮かんだのは、『ヘタリーマン』という単語だった。

彼は葉介の方を見て「ヒッ」と息を呑み、次に咲人の方を見て「イケメンだ……！　僕とは別人種だ……！」と謎の発言をした。

「あ、あのですね……。プ、プロポーズにぴったりな、花束をつくってくれませんか⁉」

最終的に安寧を求めて蕾の方に向き直り、意を決したようにそう言った。

「僕のお付き合いさせてもらっている彼女は、隣町で喫茶店を経営していましてね。僕と彼女の出会いも、その喫茶店なんですよ。会社帰りに寄るのが日課だったんですが、僕が上司に無理難題を押しつけられて落ち込んでいるときは、労いの言葉をひと声添えてコーヒーを置いてくれるし。閉店ギリギリまで居座って書類のチェックをしていたら、『照明、もう少し明るくしましょうか？』って、嫌な顔ひとつせず気を回してくれるし。優しくて器量良しな、本当に素敵な女性なんです！　僕は彼女にベタ惚れで、勇気を出して告白したら、なんと幸運なことに両思いでして……もう付き合って二年になります。信じられます？　こんないかにも冴えない僕に、あんなすばらしい恋人がいるんですよ⁉」

「は、はあ……」

いや、知らんがな。そんな突っ込みが喉から飛び出そうになるのを、蕾はなんとか呑み込んだ。

おとなしそうに見えたサラリーマンの彼は、スイッチが入ると喋りたおすタイプだった。

いつか蕾が咲人の一次面接とやらを受けた際に座った、凝った意匠の椅子に腰かけた彼は、カウンターの向かいに立つ蕾を相手に、自分の恋人との惚気話《のろけ》をベラベラと語っている。

咲人は他の客の相手をしているし、葉介はバケツの水替えをしているし、ヘタリーマンの担当は蕾に決まってしまったようだ。

「そうそう。売れ残りのケーキを、おまけでつけてくれたこともあります。あれはおいしかったなあ。彼女のつくるシフォンケーキは絶品なんですよ！」

「わ、わかりました！　彼女さんについては、もう十分わかりましたから！」

いっこうに終わらない惚気話を切りあげるため、蕾はなんとかマシンガントークを遮り、いささか強引に本題を振ってみる。

「それで……その彼女さんにプロポーズするときに、贈る花束をつくってほしい、と」

「そう、そうなんです！　いや、本当はネットで注文していたんですけどね。それが……その、友人に見せたら、『これじゃダメだろ』って言われまして……」

「なんの花束を用意したんですか？」

「黄色いバラの花束です」

「黄色いバラ……！」

蕾は「あちゃー」と眉を下げる。

バラはたしかに、贈り物としては定番だ。女性にあげる花＝バラというイメージも強いだろう。

一般的にもバラ全体の花言葉は、『愛』や『恋』、『幸福』などプラスの意味を持つ。

しかし、花言葉というのは色によっても変わるのだ。とくにバラは、色だけでなく本数や咲き方によってさえ意味合いを変わってくる。

あえて色だけで言うなら、恋人に贈るとしたら赤が無難だ。

赤いバラの花言葉は『愛情』『あなたを愛します』『熱烈な恋』……王道すぎていかにもな感じは否めないが、最も相手に想いを伝えやすい堅実なチョイスだ。

が、反対に黄色いバラには、『恋に飽きた』『別れよう』『薄らぐ愛』といった、どう考えても破局を招く意味が含まれている。

他にも『友情』や『献身』といういい意味も存在し、実際に父の日に黄色いバラを贈る風習もあるので、けっして贈り物に絶対NGというわけではないのだが、恋人に贈るには向いているとはいえない。

誤解されても仕方ない選択だ。

「どうして黄色にしたんですか……」

「だ、だって、赤いバラはよくあるしおもしろ味に欠けると思って。元気で明るい彼女には、黄色のバラならイメージに合うかと思ったんですよ……！」

身振り手振りを交えて、ヘタリーマンは懸命に訴える。その熱で眼鏡のレンズが曇りそうな勢いだ。

「まあ、贈る相手のイメージは大事ですが」

「ですよねですよね！　けど、古い友人が意味を教えてくれたんです。友人は派手な身なりで、女の子も取っ替え引っ替えで、いまだになんで僕と友達関係が続いているのかもわかんないような奴なんですけど。花には詳しいんです。フラワーアレンジメント教室に通う何人目かの彼女に、いろいろと教えてもらったらしくて……。とにかくそういうわけで、急遽ちがう花束をつくってもらおうと、ここに駆け込んだんですよ！」

「……そういう事情ですか」

蕾は神妙に頷いた。プロポーズという大事な場面にふさわしい花束をつくるなど、なかなかに大きな仕事だ。「予算はいくらでも大丈夫です！」と、ヘタリーマンは大見得を切っているが、まず贈る用途と相手にぴったりな、メインの花を選ぶ必要がある。

もちろん、バイトを始めてまだ一か月、花束のつくり方も教わっていない蕾にそんな大役は果たせないが、それでも花屋『ゆめゆめ』の一員として、どんな花がいいかくらいは考えてみなくては。

赤いバラはどうも彼がお気に召さないようだし、むしろ「バラはもういいです、ちがう花でお願いします」と言っているし、どうしようかと蕾は悩む。

いっそ、喫茶店経営をしている彼女さんを連れてきてもらって、その彼女に想い入れのある花でも咲いていていたら、それを取り入れたらどうかと提案もできるのに。

「この能力、イマイチまだ役に立ってないな……」と、蕾が内心で渋い顔をしていたときだ。お客さんの相手を終えた咲人が、茶色の毛先を揺らして、やんわりと話題に入ってきた。

「ねえ、蕾ちゃん。それならとってもいい花があるよ。春といえばこれっていうね。その花への愛が人一倍あるプロフェッショナルもちょうどいるし。ここはさ、花の魔王様にお任せしようか」

そう微笑む咲人の視線の先には、ブリキのバケツに入ったチューリップが、待っていましたとばかりに、胸を張って咲き誇っていた。

チューリップといえば、言わずと知れたオランダの国花で、春を代表する花のひとつである。

原産地のトルコからやってきたばかりの頃、十七世紀のオランダでは熱狂的なブームにもなった。球根が異常な高値になり、チューリップバブルなるものも起きたほど、多くの人々を夢中にさせてきた花だ。

日本に伝わったのは江戸時代後期頃で、当時は『ぼたんゆり』と呼ばれていた。現在でも数百に上る多彩な品種を楽しめ、根強い人気を誇っている。

「チューリップの花束ですか……言われてみれば高貴なイメージの強いバラより、親しみやすくて彼女には合っている気がします。まあ、どんな花も、彼女の愛らしさには勝てませんけどね！」

「春らしくていいですよね、チューリップ。春の告白といえばチューリップですよ。じゃあ、チューリップでいきましょうか」

軽やかな笑顔で、再び開始しそうになった惚気話をかわした咲人に、蕾は感心した。己の接客もこの域を目指して、さらなるレベルアップを図りたいところだ。

なお葉介の方は、すでにバケツと向き合って、チューリップの選別に取りかかっている。こちらもさすがである。

「ちなみに、チューリップでも黄色はダメだぞ。『望みのない恋』って意味がある。白も『失われた愛』だからアウトだ。失われるぞ、愛が」

「えっ⁉　そうなんですかっ？　……花言葉って厄介だなあ」

「でも花言葉をうまく利用すれば、より女性に気持ちが伝わりますよ。大丈夫、うちの店長はチューリップ大好きなチューリップ大魔王ですからね。きっと彼女さんにぴったりな、春らしい可憐な花束をつくってくれますよ」

「人をチューリップの化け物みたいに言うな」

ギロリと咲人を睨みながらも、使用する花を選びおえた葉介は、カウンターに隣接した作業台に花やラッピング用紙を広げ、慣れた手つきで花束の製作に取りかかる。ちょうど他に客もいないので、蕾はそれを好機と捉え、勉強のためにそばでじっくりと観察することにした。

ついでにこれはチャンスだと思い、ずっと気になっていたことを葉介に尋ねてみる。

「あの……店長は、チューリップになにか特別な想い入れがあるんですか？」

「………………」

返ってきたのは無言。

一瞬だけ手を止めたものの、葉介は聞こえないフリですぐに花束作りを再開させた。

「聞いちゃダメだった⁉」と焦る蕾に、咲人はチェシャ猫のように口角をにんまりとあげる。

「教えてあげるよ、蕾ちゃん。チューリップはね、母さんの誕生花なんだ」

「香織さんの？」

「おいコラ、咲人！」

誕生花は名のとおり、生まれた月日にまつわる花のことだ。しっかりとした定義があるわけではないが、花言葉と同じように、三六五日の花の謂《い》われを楽しむのも、花好きのちょっとした嗜《たしな》みである。

「父さんも母さんにプロポーズするとき、チューリップの花束を贈ったらしいよ。そこから結婚記念日には毎年必ず、ピンク色のチューリップを贈るのが、ふたりの間での決まり事になったみたい。母さんが亡くなってからも、記念日には欠かさず、父さんはピンクのチューリップの花束をつくっているんだ」

「へえ……店長さん、見かけによらず愛妻家なんですね」

鞄を抱えて椅子に座り、密かに聞いていたヘタリーマンの感嘆の声に、葉介の顔はどんどん険しくなっていく。それを視界に入れてしまったヘタリーマンはまた悲鳴をあげたが、蕾はそんな葉介の照れ隠しがちょっと可愛く思えた。

そういえばと、蕾もチューリップに関する逸話を思い出す。

昔々、ある美しい娘が三人の騎士に求婚され、王冠と剣と黄金をプレゼントされた。だがどうしてもひとりを選べず、悩んだ娘は自分を花に変えてほしいと祈ったという。花の女神は願いを聞きとどけ、娘はチューリップに、王冠は花弁に、剣は鋭い葉に、黄金は球根になった。

三人の騎士たちは、そのチューリップをとても大切に育てたという話から、チューリップは愛される女性の象徴でもあるとされているとか……。

「でもなんだか、人のそういう話を聞くと勇気が出てきますね。僕も頑張らなくちゃって、そう思います」

ボソッと、ヘタリーマンが小声でつぶやきを落とす。頼りない指先で頰を掻きながら、彼は力なく笑みを浮かべた。

「僕は本当になんにもできない奴で……人並みになにかするのに、人の倍かかってしまう、ダメダメな男なんです。努力してやっとスタートラインに立ててるような、そんな奴です。仕事も遅いし、要領も悪い。友人とちがって女の子の扱いもうまくなければ、背も低いし、足も短いし、ひとりだと花束選びも失敗するし……」

「え、えっと」

「でも、彼女はそんな僕だからいいって。そんな僕が頑張る姿を、そばで見ていたくなったんですって、そう言ってくれて」

へにゃりと眉を下げて、「情けないけど、泣きそうなほど嬉しかったんです」と彼は続ける。

「その言葉と彼女の存在に、僕はずっと支えられてきたんです。だから、今度は僕がもっと彼女を支えて、し、幸せにしてあげられたらなって。そう思って、プロポーズしようって決めたんです。けどもちろん、その、お断りされる可能性もあるわけで……」

まだ自信を持ちきれていないのだろう。俯き、想いを吐露するヘタリーマンの声には、隠しきれない不安が滲み出ていた。蕾はなにか励ましを送ってあげたかったが、うまい言葉が出てこない。

そうこうしているうちに、花束製作は終盤に差しかかっており、蕾が見逃したと慌てる頃には、葉介は仕上げを終えて顔をあげていた。

「ホラ、できたぞ」

完成した品を見て、蕾はヘタリーマンとハモって「おお！」と歓声をあげる。

メインであるチューリップは、最もスタンダードな一重咲きのものにしたようだ。色は紫。花言葉は『永遠の愛情』で、プロポーズの際にも人気がある。

チューリップは茎が真っ直ぐなので、比較的束ねやすい花だが、それでも計算された全体の広がりは見事だ。

アクセントとして白い小花もあしらわれており、材質のちがう二種類のペーパーを組み合わせ、薄ピンクのリボンでくるりと巻いている。

「チューリップは一重咲きや八重咲き、花弁の縁《ふち》に切れ込みが入るフリンジ咲き、形がオウムの羽に似ているパーロット咲きと、咲き方にもいろいろ種類はあるが、一番チューリップらしいのは、やっぱりこの一重咲きだな。多弁でボリュームのある八重咲きのものを使えば、もっと華やかにはできるが、今回は贈る相手の話を聞いていると、豪華さより素朴な上品さの方がいいだろう。ラッピングは明るめにして、落ち着いた春らしさをイメージしてみた」

葉介の解説どおり、花束は紫をメインに大人っぽさを漂わせつつも、白い小花やパステルカラーのペーパーとリボンで、春らしい仄《ほの》かな可愛らしさも演出している。

「すごい、すごい！　これならいけますよ！　絶対に彼女さんも喜んでくれます！」

その花の魔王クオリティに、蕾は店員である立場を忘れてはしゃいでしまう。

「ぼ、僕もなんだかいける気がしてきました……！」

先程とは打って変わって、立ちあがって花束を受け取ったヘタリーマンの瞳は、眼鏡の奥で希望の色を湛《たた》えていた。

彼に必要だったのは、最後のひと押しだったのだろう。このしっかりと花を咲かすチューリップの花束が、その背を押してくれたようだ。

「断られないかとか、ちゃんと想いを伝えられるかとか、とにかく不安だったんですが……この花束と一緒なら、なんとかなる気がします！」

「はい。チューリップ効果でバッチリです！」

「頑張ってくださいね！」と勢いのまま蕾がエールを送れば、彼は入店時のおどおどした態度が嘘のように、「はい！」と力強く返事をした。

いい歳をしてはしゃぐおっさんと女子大生を、咲人は微笑ましそうに眺めている。

そして精算を終え、ヘタリーマンは葉介に深々と頭を下げてから、大事そうに花束を抱えて『ゆめゆめ』を後にした。

ひと呼吸置き、しみじみと蕾はすごいなと思う。

自分が下手な励ましの言葉を並べたって、きっとヘタリーマンの背中を押すことはできなかった。葉介の花束ひとつで、彼は足りなかった最後の決意をして、花と一緒に勇気と自信をお買い上げしていったのだ。

プロポーズがうまくいきますようにと、蕾はそっと祈っておいた。


それから約一週間後。

一緒に花の水替えをしていた咲人は、ふと思い出したようにその話題を蕾に切りだした。

「そういえば、あの紫のチューリップの花束を買った彼、どうなったんだろうね？　プロポーズは成功したのかな」

「あ！　それ、咲人さんに言おうと思っていたんですよ！」

濡れた手をタオルで拭きつつ、蕾は先日あったことを思い出す。

「たまたま昨日、彼が綺麗な人と商店街を歩いているのを、私は目撃したんです。あの人がたぶん、お相手の方かなって。仲良さそうに手を繋いでいたので、きっとプロポーズは大成功だったんだと思います」

嬉々として語る蕾の話を聞いて、咲人はバケツに張りついた花弁を取り除きながら、「ならよかった」と目元を和らげる。

だが実は……蕾が見た光景は、それだけではないのだ。

手を繋いで歩くふたりのそれぞれ腕には、お揃いの紫のチューリップが、まるで寄り添うに咲いていた。これは蕾にしか見えない光景だ。あの花束がきっかけで、チューリップはふたりにとって、想い入れのある花になったのだろう。

その様子を遠くから眺めて、蕾はこの花が見えるという能力を持ってから、初めて得した気分になった。

あのチューリップをふたりの腕に咲かせたのは、うちの花屋だ。

そのことが、どこか誇らしくて嬉しかった。また同時に、いつか自分も店長のような、素敵な花束をつくれるようになりたいなと蕾は思う。

今度時間のあるときに、つくり方を教えてもらえないか頼んでみよう。

「黙ってチューリップの値段は少しだけオマケしといてやったからな。成功してもらわないと、こっちが損した気分になる」

カウンターのそばで話を聞いていた葉介のつぶやきに、蕾は「相変わらず店長は人がいいなあ。顔は怖いけど」と小さく笑う。

そんないい魔王の太腿では、相変わらずピンクのチューリップが、愛らしく色づいている。蕾は香織と会ったことはないが、きっとあの優しい色合いが似合う女性だったのだろうなと、そんなことを考えた。

次いで、蕾はゆっくりと咲人の胸元あたりに咲く花へと視線を移す。

茎先から数十輪の花を付ける、上品な淡い紫の花。

その花の名前を、蕾はもう知っている。店先で再会したときには思い出せなかったが、あとから名前はわかった。

……けれどその花に、咲人はどんな想い入れがあるのかを、蕾はまだ知らない。

でもきっと葉介のように、心に住まう〝誰か〟との大切な思い出が、その花には秘められているのだろう。

「なに、蕾ちゃん？　俺のエプロンになにかついてる？」

「いいえ、なんでもありませんよ」

咲人さんの咲かせる花について、いつか聞ける日が来たらいいな。

そのいつかを想って、蕾はチューリップの水替え作業に取りかかるのだった。

小さなお客とカーネーション

母の日。別名『花屋殺しのカーネーション地獄』をなんとか乗りきり、訪れた五月の月曜日。

昨日までの恐ろしいほどの人の波が引いて、落ち着きを取り戻した『ゆめゆめ』で、蕾は店番の傍ら作業台を借りて、葉介に教わった花束作りの練習をしていた。

「ここをこうして……」

大学の授業を終え、その足で昼過ぎからバイトに来た蕾は、処分予定の花を使い、合間を見て拙い手を動かしている。

花束作りの基本は、まずどんな花束にするか構成を練り、メインの花を選ぶところからだ。次いでサブの花、葉っぱなどのグリーン系といった花材を揃えたら、葉や茎の処理をする。花瓶などに活けた際、葉が水に浸かると腐りやすくなるので、ここで下葉を取り除いておくことは重要だ。水揚げも忘れるべからず。

そしていよいよ花を束ねていくわけだが、ここで蕾は苦戦していた。

「なんか……イメージとちがう」

仕上がりを確認して、蕾は渋面を浮かべる。

花束作りにおいて、必殺技とも呼べるスキル。それがスパイラルテクニックである。これは茎をクロスさせ、螺旋《らせん》状に束ねる組み方で、会得すれば本数が多くとも整ったまとまりを演出でき、かつ形も崩れにくい。

他にも平行に束ねるパラレルというやり方もあるが、スパイラルの方が全体に広がりが生まれボリュームができるので、多くの花屋さんではこちらが主流だ。

そして蕾はただいま、そのスパイラルの修行中であるわけだが、できあがった己の花束は、なにやら重心がズレて偏っている。咲人や葉介は鮮やかな手首のスナップで、くるくると素早く綺麗に束ねていくというのに。時間をかけてつくっても、蕾の花束はぐにょんとしていて、やる気がなさそうだ。「もっとしゃんとしろ！」と言いたくなる。

「はあ……」

成功への道は険しいなあと溜息をつき、蕾は余った花などをひとまとめにし、今日のところはもう片付けに取りかかろうとした。

バンッと、そこで勢いよくドアが開く。

蕾が音に驚く間もなく現れた小さなお客様は、弾丸のように店内へと飛び込んできた。

「蕾ちゃんー！　どうしよう！　私、たぶんお母さんに嫌われちゃった！」

「わっ！　どうしたの、千種《ちぐさ》ちゃん⁉」

入店して一番、蕾を見つけてピンクのエプロンにしがみついてきたのは、常連さんのひとり娘。ツインテールに丸い頬、水玉柄のワンピースが可愛らしい、まだ小学四年生の三《み》森《もり》千種だった。

抱えていた余り物のラッピング用紙を取り落とさないように気をつけながら、蕾は千種をカウンター横の椅子に座らせる。

「今日は魔王がいるのに、お客さんの相手は蕾ちゃんひとり？　咲人さんはいないの？」

「咲人さんは、今日は配達担当なの」

割合的には咲人が店にいることの方が多いが、希《まれ》にこういう日もある。

きょろきょろと周囲を見渡す千種に、蕾が答えてあげれば、千種は「そっかあ」と残念そうに唇を尖らせた。歳の離れた兄や姉を慕うように、千種は咲人にも蕾にも懐いている。けれど葉介のことは怖がっていて、「蕾ちゃん大丈夫？　生け贄《にえ》とかに捧げられそうになってない？」などと定期的に尋ねてくる。子供の発言は、時に残酷だ。

店頭で鉢物の配置換えをしていた葉介は、またいつものように千種に避けられたのだろう。哀愁を漂わせて、ドアのガラス越しに蕾と千種を見守っている。

「それでなにがあったの、千種ちゃん？　お母さんに嫌われたってどういうこと？」

蕾は努めて優しい声で問いかけた。

千種の母の万李華《まりか》は、蕾がここでバイトを始める前からの常連客だ。家にたくさんの花を飾っていて、広いお庭にも植物が溢れている。

近隣のみなさんには『花の館』とまで呼ばれているそうだ。

おっとりした上品なお母さんで、少しおませさんでしっかり者な千種とは、よく手を繋いで『ゆめゆめ』に来る、仲良し親子のはずなのに。

「……蕾ちゃんもさ、私のお母さんが、お花大好きなのは知っているでしょ？」

「それはもちろん、うちの大事なお客さんだしね」

「公民館のフラワーアレンジメント教室にも通っているし。お庭のお花はぜーんぶ、お母さんがひとりで手入れしているし。お花の本も家に山積みだし」

「あらためて聞くと……すごいね、万李華さん」

私なんかより、余程立派な花屋になれそう……と自分で考えて、蕾はちょっと落ち込む。

「お母さんは『花』がつけばなんでもいいの。タイトルに好きな花の名前が入っていたからって、普段読まない漫画まで買ってくるんだよ？　しかも子供向けの少女漫画！」

床につかない小さな足を、水掻きのようにバタつかせる千種。

「子供向けって、千種ちゃんも十分子供では？」と蕾は突っ込みたかったが、ここは黙って話の続きを待つ。

「お母さんの花バカ話は他にもあるよ。この前ね、ケーキがおいしいって評判の喫茶店に、お母さんとふたりで行ったの。ケーキはおいしかったよ。とくにシフォンケーキがね。でもお母さんは、ケーキの味よりもお店に飾ってあった花の方に興味持っちゃって。……お母さんが甘いもの好きだから、私が友達から聞いて、わざわざお店のことを教えてあげたのに」

「千種ちゃん……」

「お母さんが花好きなのはべつにいいんだよ？　私も、お花は綺麗で可愛くて好きだもん。

でも、お母さんはちょっと好きすぎると思うの！」

いささか乱暴な指先で、カウンターに鎮座する木彫りの猫の置物を弄《いじ》っていた千種は、まだ幼さの残る声を張りあげた。

キッと、アーモンドのような瞳で睨みつける先は、カウンター奥の壁にかけてあったカレンダーだ。

「昨日、母の日だったでしょ？」

千種の問いに、過ぎた大変さを思い出しながら蕾は頷く。

「小学生になってお小遣いがもらえるようになってから、私は毎年、ここでカーネーションを買って、お母さんにプレゼントしていたの。お母さん、花が好きだから喜ぶと思って」

万季華も体に花を咲かせているうちのひとりだが、そこでいつも蕾の目に映っていた花のことを思い出し、温かな気持ちになる。

「あれ？　でも千種ちゃん、土日は店に来てなかったよね？」

「うん。毎年同じだとつまんないかなって考えて、今年はカーネーションをあげなかったの。その代わり、学校の友達に教えてもらって、ビーズで花の形をした指輪をつくって渡したの」

「すごいじゃん！　器用なんだね、千種ちゃん」

ビーズアクセサリーと聞いて、蕾は懐かしい気持ちになる。昔はよくつくったものだ。

あれも凝りだすと、なかなかにハイクオリティな作品を生み出せる。女の子のほとんどは通る道なのではないだろうか。

「それもお母さんは喜んでくれたでしょ？」

「くれたけど……『今年はカーネーションがないのね』って、残念そうにしていたし。あげた指輪もつけてくれないの。たぶん、園芸するのに邪魔だからだよ」

「うーん、それは……」

たしかに、ビーズの指輪はどこにでも引っかかりそうで、園芸を趣味とする万李華には合わないかもしれないが。

「ケーキのことも指輪のことも、お母さんはいつだってお花が一番。私との会話だって、『今日は庭のスターチスが綺麗に咲いたわ』とか、『ペチュニアの元気がないみたい。肥料を替えた方がいいのかしら。どう思う、千種ちゃん？』とか。私はもっと別のことだって話したいのに。学校のこととか、友達のこととか。でもお母さんの口から出るのは花、花、花……お母さんはきっと、私より花のことが好きなんだよ！　このままだと、私の方はお花をキライになりそう！」

そう叫ぶ千種の結んだ髪は、荒れる気性に合わせてうねっている。

蕾は困ったように苦笑を浮かべた。

ここまで聞けば、千種の抱いている憤りの正体を推察できる。言ってしまえば千種は、花に嫉妬しているのだ。

お母さんが花に関心を向けすぎて、自分のことを蔑《ないがし》ろにしていると思って寂しいのだろう。

指輪だって、あげたらもっと喜んでくれると思ったのに、カーネーションがないことの方にガッカリされて、千種は花に負けたように感じたのかもしれない。

蕾はすっかりハンドクリームが手放せなくなった手を、千種の頭にそっと乗せる。どうしても頻繁に水に触れ、葉や棘《とげ》で傷つくので、花屋さんの手は荒れやすい。それでも手つきは柔らかく、蕾は千種の黒髪を撫でた。

「そこから、お母さんと喧嘩でもしちゃったの？」

「学校から帰ってすぐまた花の話をされて、つい頭にきて。怒鳴って家を出てきちゃった。たぶん、お母さんに嫌われたよ。絶対に怒ってる。とってもひどいことを言ったもの」

「万李華さんが千種ちゃんを嫌うなんて、あり得ないから大丈夫。なんて言っちゃったの？」

「若作りの花好きババア」

「……それはちょっと怒っているかもしれないね！」

少なくとも、蕾が自分の母親にそれを言ったらまちがいなくシバかれる。

「うう……どうしよう、蕾ちゃん。もうお家に帰れないよ……」

「待って、待って！　悪いことしちゃったと思っているなら、千種ちゃんがきちんと謝れば、万李華さんは許してくれるよ！　それに急に家を飛び出したなら、かなり心配してると思うよ？　早く帰ってあげなきゃ」

「そうかな？　でもどうせお母さんは、私より花のことが大事だし……」

カウンターに顔を押しつけて、ぐりぐりとふて腐《くさ》れたように千種は頭を揺らす。

花に敵愾心《てきがいしん》を燃やし文句を言いながらも、駆け込んだ先はいつも母と行く花屋で。なんだかんだお母さんが大好きなことが丸わかりなのが、蕾には微笑ましい。

そんな千種に、とっておきのいいことを教えてあげよう。

「ねえ、千種ちゃん。千種ちゃんは、お花好きなお母さんの、一番好きな花は知っている？」

「お母さんの一番好きな花……？」

パッと顔をあげて、千種は考え込む様子を見せたが、すぐに首を横に振った。どうやら心当たりはないか、むしろありすぎてわからないようだ。

蕾は屈んで、椅子に座る千種と目線を合わる。

「たぶんね、カーネーションだと思うよ」

「カーネーション……」

古い歴史を持つ花、カーネーション。

それを母の日に贈る習慣ができたのは、二十世紀初頭のアメリカが始まりだ。

母親を想うひとりの女性が、亡くなった母の追悼式に白いカーネーションを祭壇に捧げた。それが当時の五月の第二日曜日だったとされている。

そこから影響を受け、日本にも母の日が広まっていった。現在は白いカーネーションは亡くなった母親に、赤いカーネーションは健在の母親に贈るようになったのだ。

そしてなにより、万李華のお腹のあたりには、いつも赤いカーネーションが伸びていた。

先程の千種の話から、それがいつから咲いて、誰への想い入れがある花かすぐにわかった。

蕾は千種の丸みのある手を取って、言い聞かせるようにゆっくりと語りかけた。

「ただのカーネーションじゃないよ？　お花好きの万李華さんが一番好きな花は、〝千種ちゃんのあげたカーネーション〟なんだよ」

「私の……？」

「千種！」

再び呼び鈴が激しく鳴り、新たな人物が店内に足を踏み入れた。

薄化粧を施した面立ちには汗が乗り、レースのシュシュで束ねた長い髪はボサボサに乱れている。はあと荒く息を吐き、小花柄のスカートを翻《ひるがえ》し入店してきたのは、ちょうど話題の中心である万李華だ。

その後ろには、なぜか咲人の姿もあった。

「配達帰りにたまたま、万李華さんの姿を病院に続く大通りで見かけてね。必死に誰かを探している様子だったから、事情を聞いて、一緒に千種ちゃんの捜索をしていたんだ。なかなか見つからないから、もしかしたらうちに来ているかもしれませんね……ってなって、連れてきたんだよ。当たりだったみたいだね」

「さすが、ナイスです咲人さん！」

タイミングもバッチリだ。

こういう〝外さない〟ところも、咲人の持って生まれた才能のひとつなのかもしれない。

家を飛び出した娘がいっこうに見つからず、悪い想像ばかり膨らんでいたのだろう。なんとか再会できた娘に駆け寄り、万李華は「よかった……事故にでも巻き込まれていたらどうしようかと……」と、目元を潤ませている。

千種はそんな母を前にして、気まずそうに体を揺すっている。蕾は万李華のお腹に視線をやり、それから立ちあがって、千種の耳元で「千種ちゃん、ほら」と優しく促した。

椅子から飛び降りて、千種は万李華にギュッと抱きつく。

「ごめんなさい、お母さん！　『若作りの花好きババア』なんて、ひどいこと言って本当にごめんなさい！」

「あら、いいのよ、そんなこと。若作りは本当だし。いい歳して、自覚のある少女趣味ですもの、私」

花好きなのも事実だしと、万李華は栗色の髪を頰に張りつけたまま、ほがらかに微笑む。

「それより、私の方こそごめんなさいね。千種とお花の話をするのが楽しすぎて、お花の話題ばかりになっちゃって。嫌にもなるわよね。もっと千種の好きな話を、一緒にするべきだったのに」

「……いいよ、私もお母さんと花の話をするのは好きだから」

「それは嬉しいわ。でも今度からは、千種の学校の話やお友達の話も、今よりたくさん聞かせて。私も、それを聞きたいわ」

千種を腕におさめながら、片手でよしよしと、その小さな頭を撫でる万李華。それをおとなしく受け入れつつも、こくりと頷いた千種に、なんとか騒動は解決したようだと、蕾は胸を撫でおろした。

「さあ、一緒に帰りましょうか」

そう言って、万李華はたおやかな仕草で立ちあがった。その際に、彼女の首にかかる銀のネックレスが、ブラウスの襟元からスルリと飛び出す。そのチェーンの真ん中にあるものに、蕾は目を留めた。

「あの、万李華さん、そのネックレス……」

「これかしら？」

白い指先がネックレスを持ちあげる。

銀の鎖の間には、ちょこんと愛らしい花が咲いていた。桃色のビーズで花をかたどった、少し歪《いびつ》な手作り感の漂う指輪だ。店内の照明の灯りを受けて、指輪はキラキラと存在を主張している。

「いいでしょう？　千種がつくってくれたのよ。ただちょっと、指に嵌めるにはどの指もぶかぶかで……こっちの方が失くしにくいと思って、ネックレスにしてみたの」

ふふっと顔を綻ばせる万李華に、固まる千種。

おそらく、ビーズアクセサリー作り初心者の千種は、指のサイズなんて考えずにつくったのだろう。指輪の大きさまでは計算外だったようだ。

万李華はちゃんと、指ではなく首に、千種の手作りのプレゼントを身につけていたのだ。

「とっても素敵ですよ」と爽やかに言う咲人の言葉に、万李華はチェーンに通った指輪を嬉しそうに撫でる。

その様子を見あげて、千種は林檎《りんご》のように頬を紅潮させ、くしゃりと表情を歪めた。

「……それじゃあ、私たちはこれで。本当にお騒がせしました」

深々と頭を下げて、お花親子はこうして去っていった。手を繋ぐ親子の背中と揺れる赤いカーネーションを、蕾は咲人と並んで見送った。

「母の日にカーネーションって、やっぱりいいね。俺も昔は母さんによく贈ったよ」

「香織さんに……えっと、この『ゆめゆめ』のカーネーションを、ですか？」

「それだと、店の商品を渡しただけになるからね。父さんとふたりで、いろいろアレンジして贈っていたな」

なるほど、さすがは花屋家族だ。

そんな雑談を交わしていたら、すっかり傍観者と化していた葉介が、騒動が過ぎ去ったあとの店内に戻ってきた。そして彼は、何気なく蕾の作った不出来な花束を手に取る。千種の登場ですっかり存在を忘れて、ずっと作業台に放置していたものだ。

「あ、あの、それ！」

蕾がなにかを言う間もなく、葉介は売れ残った小振りのカーネーションをさっと調整し、それを加えてちょいちょいと花束を組み直した。あくまでベースは蕾のアレンジのままだ。

だがそれだけで、やる気ゼロだった蕾の花束は、ポップで明るい元気な花束へと変身する。

　蕾は感嘆の声をあげた。

「す、すごいです、店長！　私の引き籠りのニートみたいだった花束が、しゃきんとして可愛く……！」

「おもしろいたとえだね、蕾ちゃん。でも、もともとの出来も、そこまでひどくなかったよ？　ちょっとの手直しで綺麗になる。筋がいいね」

「ああ。組み方はまだ練習が必要だが、花の配置の仕方やグリーンの使い方は悪くねえ」

　褒めつつも、そのあとで改善点とコツを教えてくれる咲人と葉介に、蕾は感謝する。

　紐《ひも》で括り保水ペーパーをつけて、軽いラッピングも済ませた花束を、葉介は咲人に差し出した。

「常連客へのサービスだ。次の配達に行くとき、これをあの親子の家に届けてやれ」

「父さんが行けば？」

「俺が行ったら、あのガキが怯えるだろ」

　そんな会話をして、花屋『ゆめゆめ』の母の日は、ようやく無事に終わったのだった。

彼女の名前とカスミソウ

「……そんなわけで、また別れる羽目になったのよ。なんで私って、こんなに男運がないんだと思う？　前の男は極度のマザコンだし、その前は自分大好きナルシストだし。今回はストーカー気質！　『今なにしてる？』って連絡を、十分おきによこすのよ？　あなたのせいでなにもできないから！　はあ、どうすれば理想の男と出会えるのかしら。ねえ、蕾」

「カスミ……それを花屋のカウンターで言われても」

ウッド調のカウンターに肘をつき、延々と愚痴《ぐち》をこぼす友人に、蕾は苦笑を浮かべた。

過ごしやすい五月の中頃。『ゆめゆめ』に来店したお客は、蕾のよく知った顔だった。

隙のない完璧なメイクに、綺麗にネイルの施された爪。ボーダーのトップスに、黒いタイトスカートから覗く足は、モデルのようにスラリと伸びている。ピンクブラウンに染めた巻髪を、気怠げに指に絡める彼女、根津《ねづ》カスミは、蕾の高校時代からの友達だ。

女子バスケ部のキャプテンを務め、ハキハキとした性格で女子グループの中心だったカスミと、帰宅部でどちらかといえばおとなしい部類に入る蕾が仲良くなったきっかけは、単純に高一のときの席が近かったからだが。なんだかんだ、高校を卒業した今でも交友関係を続けている。

カスミは現在、美容関係の専門学校に通っていて、いつ見ても相変わらずスタイルがよくてお洒落だ。大学生になっても染める勇気が出ず黒髪のままで、髪型や服装もイマイチ垢抜けない蕾は、そんなカスミにちょっぴり憧れている。

しかし、いかんせん、彼女はダメンズ引き寄せ体質だった。

彼女の口から語られるのは、八割が元彼の残念話だ。

「本当に、私の周りには碌《ろく》な男がいない！」

「ま、まあまあ。その話はまた、女子会のときに聞くからさ。今日は、探している花があって来たんでしょ？」

「そう、それよ！」

体を起こして、カスミは長い髪を掻きあげる。

久しぶりに連絡を取り合ったところ、蕾が花屋でバイトをしているという話題が出て、それにカスミが食いついた。

ちょうどカスミは事情があり、とある花を探しているところだったらしい。それなら会って直接話を聞こう、むしろ蕾の花屋に行くね……という流れになり、今に至る。元彼の愚痴になったのは、つい話が逸れただけである。

少しだけ声のトーンを落として、カスミはようやくここに来た目的に入る。

「電話でも話したけど、うちのおばあちゃん、肺の病気で倒れてから、ずっと入院していてさ。最初は趣味の編み物とか、他の患者さんと楽しそうにお喋りもしていて、元気そうに見えたんだけど。どんどん悪くなって……もう長くはないって言われてる」

「おばあちゃん、」


「……うん」

「それは本人もわかっていて、そのせいかしらね。最近はよく、数年前に亡くなった、おじいちゃんの話をするのよ」

「そこに、その花が出てくるんだよね?」

「そう。『あの人と一緒に見た、ガラスの花がもう一度だけ見たい』って」

『ガラスの花』。

それはいったいどんな花なのかと、蕾は腕を組んで思案する。

電話で一度聞いたときも首を傾げてしまった。おそらくはなにかの比喩《ひゆ》だとは思うのだが、蕾には該当する花が思いあたらない。本当にガラスだったら、行くべきは花屋でなく骨董屋か雑貨屋だ。

熟考する蕾を横目に、カスミは他の客と談笑する咲人を「あの人、超イケメンね。でもタイプじゃないわ」と値踏みしている。「真面目に考えてよ、カスミ!」と蕾が文句を飛ばせば、カスミは「ごめんごめん、つい癖で」と笑ってごまかした。

「おばあさんは、他になにか言ってなかったの? おじいさんと、その花にどんなエピソードがあったとか……」

答えを見つけるには、さらなる情報収集が必要だ。おばあさんの背景がわかれば、そこにヒントが潜んでいるかもしれない。

「うーん、おばあちゃんも、だいぶ記憶が曖昧になってきているみたいでね。うちのおじいちゃんは登山が好きで、それにおばあちゃんもよく同行していたらしいから、そのときに見たんじゃないかとは思うんだけど……。私は花のことはさっぱりなのよね。花屋である発言じゃないけど、ぶっちゃけあんまり興味ない」

「……カスミの名前って、『カスミソウ』からでしょ？　前に言ってたよね。それなのに、その花にもあんまり愛着がないんだね」

尋ねたあとに、今度は自分から話を変えてしまったことに気づいたが、これは蕾としては言わずにいられなかった。

百合《ゆり》さんや蓮《れん》くんなど、花の名前を持つ人は、蕾の経験上、その花を体のドコカに咲かせている場合が多い。やはり自分の名前の花ということで、そこにいろいろな背景や想い入れがあるのだろう。

現にサクラという名の蕾の友人のひとりは、肩にサクラソウを咲かせていた。

だけど……カスミのスレンダーな体には、ドコにもカスミソウの花は咲いていない。

想い入れどころかむしろ、カスミは「えー、だって私、自分の名前をあんまり気に入ってないし。カスミソウの花くらいは知っているけど、あれも好みじゃないのよ」と口を尖らせている。

「カスミソウって、なんか脇役ってイメージじゃん。小さい花がいっぱい付いているだけで地味だし。それだけだと目立たない、引き立て役って感じ。私はもっと大振りな花の方が好きよ。ステマチスだっけ？　あれとかいいよね」

「もしかしてクレマチス？」

「あ、それそれ」

クレマチスは大きなハッキリとした花を咲かせる、ツル性の花木だ。赤、青、白やひとつの花の中に複数の色が入った複色系と、色の種類は多い。語源はギリシャ語で蔓《つる》を意味する『klema《クレマ》』から来ており、楚々《そそ》とした趣と圧倒的な存在感の調和が美しく、ツル性植物の女王と称されている。

そのツルはとても丈夫で、昔は作物を束ねて結ぶのにも使用されていたほどだ。日本では風車《かざぐるま》や鉄線《てっせん》の名でも有名だ。

またクレマチスは、花びらのない花でもある。大きな花びらに見える部分は、実は萼片《がくへん》が肥大し変化したものなのだ。

ブレない強さを示す堂々とした咲きっぷりと、花言葉の『美しい精神』『高潔』という意味からも、たしかにカスミのイメージには合っている。

カスミソウよりもそちらを好む、彼女の言い分もわからないではない。

でもカスミソウだってアレンジには欠かせない、どんな花束にも有効な万能お助けフラワーなのに……と、なぜか蕾はちょっとだけ悔しい気持ちになった。

「カスミはまだ、カスミソウの真の力を知らないだけだよ！　あの子はもっとやればできる子なの！」

「なによ、カスミソウの真の力って」

花と素で話す咲人の変人さがうつり、おかしなことを口走ったことに、蕾は秒速で後悔した。

冷ややかな眼差しを向けていたカスミは、次いで息を吐いてバッグを担ぎ直す。

「ここにはそのガラスの花はなさそうだし、私はもう帰るわ。明日は病院に寄る予定だし、おばあちゃんにもう少し聞いてみる。仕事の邪魔をして悪かったわね」

「あ、待ってカスミ！」

ヒールを鳴らして店を出ていこうとするカスミを、蕾は引きとめた。

花に興味はないと言いきるカスミが、わざわざ花屋にまで足を運んだのだ。おばあちゃんに、その思い出の花を見せてあげたい気持ちはたしかなのだろう。それなら蕾も、友人のためにできる協力はしてあげたかった。

ただ、急にこんな申し出をするのは、いささか図々しいかなとも思う。

だけどガラスの花の正体を知るには、これが一番手っ取り早い。そのおばあちゃんに会って〝見れば〟、蕾には思い出の花の正体がわかるのだから。

それに、明日は大学の授業も三限までで、バイトも休みだ。

「その明日のお見舞い、私もついて行っていいかな？」

純粋に『ガラスの花』に興味を持ってしまったこともあり、蕾はカスミに、おずおずと窺うように尋ねた。

『ゆめゆめ』から比較的近くに位置する、桜木《さくらぎ》総合病院。

そこに着いて受付を済ませ、カスミは迷いのない足取りで二階の病棟へと向かった。蕾もそのあとを追いかける。

まだ新しい病院で、院内はどこもかしこも綺麗だ。待合室や廊下も、質のいいソファが置かれ、磨かれた床に明るい照明と、一見ホテルのようにも見える。

途中、カスミが化粧直しに寄ったお手洗いも、広くてピカピカだった。毛糸の化粧ポーチを取り出し、アイラインを引きなおすカスミに、「おばあさんと会うだけなのに、完璧な化粧は必要なの?」と疑問に思ったが、「好みの医者とすれちがうかもしれないでしょ」という返しで納得した。

病室の入り口のネームプレートを確認して、ドアをそっと開ける。

クリーム色の壁に囲まれた、十分なスペースのあるひとり部屋。

カスミの後ろに続くように、蕾がおそるおそる緊張しながら入室すれば、窓から差し込む陽を浴びて、白いベッドに横たわる人物が視界に入った。

「また来てくれたのねえ、カスミちゃん。その子はお友達?」

カスミの祖母、根津ミズ江は、そう言って皺《しわ》くちゃの顔を綻ばせた。

ミズ江はしっかりしていて、物腰の柔らかな女性だった。小柄で、笑うと目が優しい三日月型になる。ゆっくりと体を起こして、突然訪れた蕾に、「ゆっくりしていってねえ」と声をかけ微笑む様子は、春の陽光のように穏やかだ。

カスミは手慣れた様子で、洗濯物の回収や替えのタオルなどを用意していく。ミズ江の発言からも、もう何度もお見舞いに通っているようだ。

枕元のキャビネットには、趣味だという編み物の道具が籐製の籠に入って置かれていた。

蕾は拙い自己紹介をしながらも、さりげなく肝心の〝花〟を確認する。

入院着から覗く、枯れ木のように細いミズ江の腕。

その手の甲には、たしかに花が咲いていた。

しかし……とくになんの変哲もない小さな白い花が、葉っぱの上にちょこんとお座りしているだけで、蕾にはどこが『ガラスの花』なのかわからなかった。

あれではないだろうか。

しかも、花の名前も思いあたらない。それなりに詳しくなったと思っていたのに、花の世界はまだまだ奥深かったようで、蕾には見覚えのない花だった。

見えても、それがなんの花なのかわからなければ来た意味はない。

人知れず頭を悩ませる蕾に気づくことなく、カスミはベッド横のパイプ椅子に座り、布団に手を添える。

純白のシーツの上で、ラメ入りの爪が鈍く光った。彼女にしては丸みのある声で、カスミは「おばあちゃん」とミズ江を呼んだ。

「またおじいちゃんの花の話、聞かせてくれる？」

「あの花のお話かしら」

嬉しそうにミズ江は乾いた唇を震わせ、訥々《とつとつ》と亡き夫との思い出を語る。

「あの人は、本当に山登りが好きでねえ。自然が好きな人だったのよ。木や花のことにも詳しかった。普段は口数が多い方ではないくせに……自然の中だと無邪気に話したがって。いっぱいふたりで山を登ったわ。珍しい植物もたくさん見た。その中でも一番綺麗だったのが、一度だけ見たガラスの花なの」

「どこでいつ見たとか、名前は思い出せないんだよね？」

「ええ……ただ、山の奥深くまで登った記憶はあるわ。たくさん歩いて疲れたもの。それと、たしか、そうね。その日は、雨が降っていたような気がするわ」

これ以上は思い出せないようで、あとはそのガラスの花がいかに美しかったかを、ミズ江は孫であるカスミに聞かせた。

透きとおるようなミズ江の眼差しが、窓を超えて遠くの空を捉える。

「できることならあの人と一緒に見た、あの花をもう一度だけ見たいわ」


空がオレンジに染まる、病院からの帰り道。

蕾はこれからバイト先に寄り、カスミは買い物をしてから帰宅するということで、ふたりは人の行き交う商店街を途中まで肩を並べて歩いていた。

どちらもなんとなく無言で、その間には静謐《せいひつ》な空気が広がっている。

だがふとした瞬間、暮れなずむ空にカラスの細い鳴き声が響き、それに誘発されるように、カスミが小さく口を開いた。

「あのさ、蕾。私ね、おじいちゃんのときは、ほとんどお見舞いになんか行かなかったの」

　ポツリと、つぶやきが雨粒みたいに地面に落ちる。

「おじいちゃんも、おばあちゃんとはまたちがう病気でさ。私がまだ中学生の頃かな。結局病院で亡くなったんだけど、入院している間、私はお見舞いにほとんど行かなかったの。私はどうも、病院のにおいってのが苦手でさ」

「あの、鼻にツンとくるにおい？」

「そうそう」と、カスミは苦い顔で笑う。

　先程も病院内で、カスミは密かに我慢していたのだろうか。

　そういえば、カスミソウはお世辞にも、あまりいいにおいのする花ではなかったことを、蕾は思い出した。原因はカスミソウに含まれる酢酸《さくさん》だ。

　それもあって、カスミソウは単体ではなく、他の花と合わせる形が多い。最近では、品種改良などで改善されているものも多いが。もしかするとカスミも、カスミソウのにおいが苦手なのかもしれない。

「それだけじゃなく、単純にお見舞いって面倒臭いじゃん？　おばあちゃんもその頃は元気で、おじいちゃんの世話は任せておいて大丈夫だったし。私は部活や遊びで忙しくて、お母さんたちが病院に行くときに、たまについて行って顔を出すくらいだった」

「忙しいと、ついそうなっちゃうよね」

「でもべつに、おじいちゃんのことは嫌いじゃなかったのよ？　昔一緒に、近場の山まで何度か連れて行ってもらったこともあったしさ」

「カスミが山登りって、なんかイメージにないね」

想像できず、蕾が率直にそう言えば、カスミはおかしそうに笑った。

「でしょ？　だけどおじいちゃんは、また私と山登りがしたかったみたい。全然病院に行ってなかったら、おばあちゃんから聞いたんだけどね。だから、退院祝いに一回くらいなら、付き合ってあげようかなって思ってた。……でも、その返事をしに病院に行く前に、容体が急変してね。おじいちゃんは死んじゃった」

通りかかった八百屋のシャッターが、少し早い店仕舞いで閉まる音がする。犬を連れた髪の長い女性が、地味な色のスカートを翻し、蕾の横を慌ただしく早足で去っていった。

そんな街の風景に、カスミの声は静かに溶けていく。

「悲しいとか寂しいとか、そんなことを思う前にびっくりした。人って、こんなにあっさり死ぬんだって。家族って、こんなに簡単に減るんだって。身近な人の死なんて初めてだったから。……本当に、びっくりしたの」

「……カスミ」

「もうちょっと、お見舞いにでもなんでも行ってあげればよかったなーってね、あとから思ったわけよ。だからおばあちゃんの病院には、私にしては真面目に通ってんの。あの『ガラスの花』ってのも、できれば見せてあげたいわけね」

後半は一気に言いきって、「てかごめん、めっちゃ暗い話した」と、いつもの調子でカスミは髪を掻きあげた。

ピンクブラウンの髪から、ふわりと柑橘系のいい香りが漂う。

見た目が派手でキツい印象のあるカスミだが、その実、情が深いことを蕾は知っている。病院のお手洗いで見た、カスミの化粧ポーチだってそうだ。

前に会ったときは、ブランド物のファーのポーチを使っていた。それが今は、浅木色の毛糸で編まれた、言葉は悪いが、カスミにはミスマッチな代物に変わっていた。

聞くと、編み物が趣味のミズ江がつくってくれたものだという。

受け取るだけ受け取って、使わなくても誰も咎《とが》めはしないのに。カスミは律儀に、気に入っていたポーチからそちらへ乗り換え、大切に使用しているのだ。

なんとかしてあげたいなと、蕾はあらためて思った。

「任せてよ、カスミ！　私だけだとイマイチ頼りないかもしれないけど……うちの花屋には、お花の魔王にフローラル王子がいるんだから。絶対に、その花を見つけてみせるよ！」

「魔王に王子って……じゃあ、あんたはなんのポジションなの？」

「……村人Aかな」

そんな会話をしていると商店街の出口に辿りつき、手を振ってふたりは茜色の街の中、それぞれの帰路についたのだった。

「おばあさんの思い出の花探し、か」

ふむ、と咲人は箒《ほうき》を片手に、もう一方の手を顎《あご》に添え、考え込む動作を見せた。

本日のバイトは休みのはずの蕾が、閉店間際にひょこっと顔を出したことに、咲人はほんの少し驚いていたが、すぐにいつもの柔らかな笑みで、なにがあったのかと尋ねてきた。

蕾は『ガラスの花』の正体を知るのに、一番早くて確実なのは、自分より花に詳しい咲人か葉介に聞くことだと思ったのだ。

だから、わざわざ帰り道に『ゆめゆめ』に寄った。

期待どおり、事情を話せば咲人は快く協力してくれ、こうして一緒に考えてくれている。

「もう一度、花の特徴を言ってくれる？」

一生懸命、さっき見たミズ江の手にあった花を思い出す。やはり、あれだけ想い入れがあったのだから、あの花が『ガラスの花』だろうと蕾は思ったからだ。

「えっと、大小二枚ついた葉の上に、乗っかるように白い小さな花が咲いているんです。たしか小さい葉っぱの方に、花が咲いていたかな。花は清楚な感じで……」

「山の中で咲く白い花なら、パッと思いつくだけで結構あるんだけど。ゴゼンタチバナとか、サンリンソウとか。でも葉の様子や、花の付き方が当てはまらないかな……というか、蕾ちゃん」

「はい？」

「まるで見てきたみたいに、花の特徴を話すね」

「へっ⁉」

咲人の指摘に蕾の心臓が跳ねる。

あくまでミズ江から、花のことを聞いたとおりに語っていたつもりだったのに。

「見てきたみたい」ではなく、実際に「見てきた」のである。だがそんな蕾の能力など、咲人は知る由もない。

どう返答すべきか蕾は慌てるが、咲人は「ガラスって要素がポイントだよね」と、気にせず思考を続けてくれたため、事なきを得る。

「山の奥深くで見られる、白い花。でもガラス……」

「あ！　あと、関係あるかわからないんですけど、雨の日に見たって言っていました！」

「雨かあ……あと少しで思いあたりそうなんだけど、なんだったかな」

咲人と蕾は並んで頭を捻る。そこでポンッと答えをくれたのは、黙って会話を耳に入れながら、淡々とレジ締めをしていた葉介だった。

「……それ、『サンカヨウ』じゃないか」

「ああ！　それだ！」

「サンカヨウですか？」

ようやくわかったと顔を明るくする咲人に対し、名前を聞いてももともと知識がなかった蕾は困惑顔のままだ。

そんな蕾に、完璧に思い出したらしい咲人は、「サンカヨウは高山植物だよ」と解説してくれる。

「漢字はこう書く」

箒をそばの壁に立てかけ、咲人は花束などにつけるメッセージカードに、流麗な動作でペンを走らせた。一枚一枚が葉介のお手製の、花のイラスト入りのメッセージカードだ。

ちなみに蕾が見つけたバイト募集の丁寧なチラシも、彼の自信作だった。

葉介は「おい、カードに書くな、メモに書け！」と文句を飛ばしたが、咲人は「まあまあ」と適当に流し、書きおえたものを蕾に見せた。

『山荷葉《さんかよう》』……荷葉はハスの葉のことだね。山奥に自生する植物で、葉がハスの葉に似ていることから、この名前になったんだよ。花のあとにはブドウみたいな実ができて、熟すととってても甘いんだ」

「へえ……私、まったく知りませんでした」

「あまり一般的に花屋で売っているような花じゃないからね」

でも、と言葉を区切り、咲人はカウンターそばの棚から、アンティーク雑貨のひとつとして置かれている、古めかしいカバーの本を手に取った。

カバーの下は、最新版の植物図鑑だ。名前さえわかれば、簡単に目次で検索できる。

「一時は〝とある姿〟が広まって、ネットで話題を呼んだこともあるんだよ。たぶんそれが、『ガラスの花』の秘密。ほら、これ見て蕾ちゃん」

長い指で手招きされ、蕾は咲人の開いたページを覗き込む。

そして、思わず息を呑んだ。

「うわ……ガラスだ！　すっごく綺麗です……本当に同じ花なんですか？」

図鑑にはサンカヨウのページがあり、ふたつの写真が載っていた。

ひとつは、蕾がミズ江の手の甲に咲いているのを見た、通常時のサンカヨウの姿。愛らしいがとくに変わったところはない、白い花びらの小さな花だ。

もうひとつ。

横に掲載されている写真には、白い花びらが透きとおり、透明な姿へと変身したサンカヨウが、葉の上に眩《まばゆ》く鎮座していた。

その姿は神秘的で美しく……蕾はようやく、『ガラスの花』という言葉に深く納得した。

まるで儚いガラス細工のようだ。

「サンカヨウはね、花弁が水を吸うことで、魔法にかけられたように透明になるんだ」

「あ、だから雨の日に……！」

「開花期はちょうど今頃だよ。そのおばあさんに見せたいのなら、うちには置いてない花だから、取り寄せになるかな」

「……サンカヨウなら、俺の知り合いに好んで育てている奴がいるぞ。本来なら二度と会いたくねえ奴だが……明日にでも、ソイツからひと鉢もらってきてやろうか」

葉介の申し出に、蕾は「いいんですか⁉」と食いつく。なるべく早くミズ江に見せてあげたい蕾には、ありがたすぎる提案だ。

頬の切り傷を歪ませて、葉介はだいぶ渋い顔をしているが、ぶっきらぼうに頷いてくれた。

「アイツには山ほど恩を売ったから、見頃の一番いいやつをタダで献上させてやる」

「ははっ。そういえば彼、珍しい花に凝ってるって、前に会ったときに言ってたね。よろしく伝えておいてよ」

その人は、咲人とも知り合いのようだ。蕾はすぐさま葉介に礼を述べ、咲人にも頭を下げる。

これでカスミも、おばあちゃんの願いを叶えてあげられる。

「病院に持ち込むなら、一応許可を取った方がいいかもね。最近は、花の持ち込み自体を断っている病院も多いから」

「え？　そうなんですか？」

咲人は頷く。

お見舞いで花は定番だが、近年では感染症になる可能性を危惧《きぐ》し、花の差し入れを禁止している場合もあるらしい。土や水などに存在する緑膿菌《りょくのうきん》は、健康な人への感染はほぼないが、抵抗力が弱くなっている病人には危ないそうだ。

咲人の助言に、蕾は素直に返事をする。

「思い出の花を見て、おばあさんが喜んでくれるといいね」

そう微笑んだ咲人の瞳に、蕾はふと、病院で見たミズ江と同じものを感じた。

もうここにはいない誰かを想う、水に濡れたサンカヨウのような、透きとおる眼差し。

サンカヨウがミズ江の亡き夫との思い出の花という話を聞いて、もしかしたら咲人は、香織が亡くなったときのことを思い出しているのかもしれない。

心なしか咲人の胸に咲く紫の花も、いつもより淡い切なさを宿しているように蕾の目には映った。

香織が集めたという、店内に広がる雑貨類を見渡して、蕾は小さく「はい」と返事をする。早くカスミに報せてあげたいなと、そう思いながら。

「例の知り合いから毟《むし》り取って来たぞ」と、葉介が花の咲いたサンカヨウの鉢を持ってきてくれたのは、翌日の土曜日、静かな雨が降る昼過ぎの配達帰りだった。

葉介がそんな台詞を吐くと、傍《はた》からは借金取りにしか見えない。だが、宣言どおり本当に見頃の一番いいものを持ち帰ってくれたようだ。

「助かりました、店長！」

嬉々として受け取った蕾は、すぐにカスミに連絡を取った。彼女とも相談し、蕾は少し早めにバイトを上がらせてもらい、夕方頃に再びミズ江の病院に行くことになった。

「おばあちゃん、入るよ」

「あら。今日も来てくれたのねえ」

初めて来たときと同じようにベッドに横になり、窓の向こうを眺めていたミズ江は、現れたカスミと蕾を快く歓迎してくれた。

相変わらず、その手の甲には、蕾にしか見えない白い花が咲いている。

病室に足を踏み入れるとすぐ、ミズ江はカスミの手に収まる鉢に気づいたようだ。本来なら鉢植えは、根がつく＝寝付くと捉えられ縁起が悪く、お見舞いの品には向かないが、今回は特別だ。持ち込みの許可も取った。

ミズ江を驚かせるため、花の部分は薄いハンカチを被せて隠してある。

「それはなあに?」と問いかけられ、蕾はそっと横からハンカチを剝《は》がした。

「おばあちゃん、これが、おじいちゃんと一緒に見たっていう、『ガラスの花』でしょ?」

「まあ……」

たっぷりと水分を含んだサンカヨウは、無機質な病室の中でも、自然界にいるときとたがわぬ、美しい透明な輝きを湛えていた。

窓の外は、音もなく静かに雨が降っている。

病院に入る直前に、降っていた雨でサンカヨウの花弁を濡らしておいたのだ。

ミズ江は持ちあげるのもやっとだろう細い手で、口元を押さえ、感極まったように上擦った声を漏らす。

「そう、この花よ。あの人とふたりで見た、ガラスの花……」

「サンカヨウって言うんだって」

「ああ、そんな名前だったわ。サンカヨウ、サンカヨウよ」

カスミの言葉に何度も確かめるように、ミズ江はサンカヨウの名を口にする。

「どうして忘れていたのかしら。あの人が私との結婚記念日に、見せたいものがあると言って、わざわざ遠くの山まで連れて行って見せてくれたのに。綺麗な綺麗な、ガラスの花。サンカヨウ……」

それは結婚して十年目の記念日だった。

ミズ江は夫の陽司《ようじ》に連れられて、泊まりで遠くの山を登りに来ていた。気を利かせて、子供たちの面倒を見ることを申し出てくれた妹には感謝しなくてはいけない。こうして陽司とふたりで山登りをするのも、ずいぶんと久しぶりだった。

いつもは重い陽司の口も、自然に囲まれているときはよく回る。「見ろ、あれはこの時期にしか咲かない花だ」「あの木はおもしろい実をつける」と、子供みたいにはしゃぎ、なんでもミズ江に教えたがる。それは出会ったときから変わらない。

それに「はいはい」と、相槌を打つのがミズ江の仕事だ。

そんな陽司がわざわざこの日を選んで、「見せたいものがある」と言い、この山登りにミズ江を誘った。

とくに小さい花弁を開かせる、愛らしい花を好む陽司のことだ。また珍しい可愛い花を見せてくれるのかもしれないと、おとなしくミズ江は夫の後ろに続いて山を登った。

降ったりやんだりを繰り返す小雨のせいで、空気は湿り気を帯びている。木々の葉は水滴を滑らせ、雨水を含んだ土は軟らかい。足元に気をつけながら、ふたりはどんどん山道を進んだ。

その途中で、ふと陽司が立ちどまった。

黙って見つめる彼の視線の先、柔らかに降る雨にしっとり濡れて咲いていたのが、透明なサンカヨウだった。

その姿はまるで、触れれば壊れるガラス細工。

見たこともない繊細な美しさに、目を丸くして感動するミズ江に、陽司は照れ臭そうに「今日という日に、どうしてもこれをお前に見せたかった」と言った。

「結婚してくれてありがとう」と、今さらなことを言って笑ったのだ。


ミズ江の眼差しは、真っ直ぐに鉢へと向けられている。

サンカヨウの透明な花弁に今、ミズ江はなにを見ているのだろう。

ポツポツと、外に降る雨に合わせて、ミズ江の瞳から涙がこぼれる。それが手の甲に落ち、ミズ江の体に咲くサンカヨウも姿を変えていく。

自分にしか見えない光景を、蕾はじっと眺める。カスミも口を開かない。

雨と共に沈黙が降りつもる中、しばらくして、ミズ江はゆるりと顔をあげた。

「すごいわ、カスミちゃん。どうしてこの花わかったの？」

「ここにいる蕾が協力してくれたの。おばあちゃんが、ずっと見たいって言っていたから。

思っていた以上に、不思議で綺麗な花ね。おじいちゃんが、おばあちゃんに見せたがったのも、わかる気がするわ」

サンカヨウの花期は、五日から七日ほどでとても短い。

その刹那《せつな》の姿が、またこの花の美しさを演出しているのだとも考えられる。

ミズ江は白髪を震わせ、涙の膜を瞳に張ったまま、「もう一度この花を見せてくれて、本当にありがとうね」と、まだ年若い少女のような笑顔をカスミと蕾に向けた。

「……それとね、カスミちゃん。私はもうひとつ、大切なことを思い出したの。いつかあなたに言いたかった、とても大切なこと」

役に立ててよかったと、蕾がひとりで胸を撫でおろしていると、不意にミズ江がそんなことを口にした。

カスミは首を傾げる。

「私に言いたいこと……？」

「カスミソウからとった、あなたの名前。あれを考えたのはあの人……あなたのおじいちゃんなのよ」

「え……」

初耳だったようで、カスミはカラコンの入った薄茶色の瞳を見開く。

「あなたの名前を決めるとき、家族で揉めに揉めてねえ。当然よね、初めての子供に、初めての孫ですもの。あなたのお父さんとお母さんも、いっぱい候補を挙げてキリがなくて。

なかなか決まらなかったのよ」

　ふふっとおかしそうにミズ江は笑う。

　カスミは立ったまま、真剣に話に耳を傾けている。そんなカスミの腕から、蕾はさりげなくサンカヨウの鉢を受け取り、ミズ江の枕元に置く。

　きっと大事な話だ。邪魔をしないようにと、そう思って。

「そんなときに、ふと庭のカスミソウが目に留まってねえ。もう家には咲いていないけど、昔々はあなたのおじいちゃんが好きで植えていたの。あの人、小さい花弁を開かせる、愛らしい花がとくに好きだったから」

　ミズ江が小さく指先を伸ばし、カスミを呼ぶ。カスミはおとなしくそばにより、ベッドの横にしゃがみ込んだ。

　ぎゅっと、ミズ江の皺だらけの手が、カスミの手を包み込む。

「あの人はそれを見て、『カスミはどうだ』って言ったのよ。カスミソウの花言葉は、『幸福』って意味があるんですって。これからこの子が、カスミソウのように周りを華やかにして、自分と誰かを幸福にできる子になるようにと」

「幸福……」

「あなたのお母さんたちも、それに賛同してくれたわ。幸福な子になるように、って」

　だから、あなたの名前はカスミなの。

　そう口にしたミズ江の声は、四角い箱みたいな病室に柔らかく響いた。

カスミソウの花言葉は他にも、『清らかな心』『親切』『無邪気』という意味もある。

また、和名の『カスミソウ』は、小さな白い花を枝先に無数に付ける様子が、春霞のように見えることから来ているが、英名では『baby's《ベイビーズ》 breath《ブレス》』ともいう。

これは赤ちゃん、もしくは愛しい人の吐息と訳す。花の様子が、白い息に似ていると感じられることからだそうだ。

どれをとっても、カスミソウは清廉で、どこか優しい意味合いのある花だ。

自分の名前の由来をあらためて知ったカスミは、ミズ江と手を重ね合せたまま、唇を引きむすんで俯いた。

緩やかに降りそそぐ天の雫を、蕾は視線でゆっくりと追う。

そんな雨の降る窓を背後に、ミズ江は「サンカヨウもカスミソウも、おばあちゃんも大好きな花よ」と、もう一度だけ微笑んだ。

――それから数日後、ミズ江は静かに病院で息を引きとった。

「合コンでさ、出会い頭に連絡先を聞いてくる奴は要注意だと思うのよ。そういうのって、中盤とか終盤のイベントじゃん？　いきなり自己紹介の段階で、名前、出身校、趣味、『アドレス教えてくれない？』とか、生き急ぎすぎ！　あとにしようって、やんわり断ってるのに、そういう男に限ってすごいしつこく聞いてくるんだよね」

「だからカスミ……そういう話は女子会でしようって」

五月も最後の週に入り、そろそろカレンダーも新しいページに移ろうというある日。

いつかのように、カウンターの前を陣取るカスミ。さすがにミズ江が亡くなってしばらくは合コンに行く元気もなかったようで、今日の議題は『合コンで注意した方がいい男とは』というものだった。

蕾はありがたく拝聴しながらも、またもや苦笑を浮かべた。

今日も今日とて、カスミのメイクはバッチリで服装にも気合が入っている。

それでも、バッグから覗く化粧ポーチは、相も変わらず毛糸の手作り品だった。

「今日は花を買いに来てくれたんでしょ？」

「そうだったわね。遅くなっちゃったけど、お礼にここで花を買いに来たんだったわ」

今日のカスミは、あのサンカヨウの礼をするために、『ゆめゆめ』へと立ち寄っている。

あのとき最初は花の料金を尋ねられたのだが、あれは葉介が無料で知人から強奪（彼は善意で譲ってもらったと言いはった）したものだし、蕾がお金を取るわけにもいかない。

なお、ミズ江が亡くなったあと、あのサンカヨウはカスミのおばさん……ミズ江の妹さんが引きとって、家で育てているらしい。

サンカヨウは環境の変化に弱く、育て方の難しい花だが、葉介が手書きで育て方の説明を書いてくれたので、それをカスミをとおして渡してもらった。

そんな経緯で、葉介からも代金は不要だと言われていた蕾だったが、カスミはせめてお礼をさせてほしいと頑なだった。

そして悩んだ末に、蕾は「それなら、うちの店で花を買ってよ。なんでもいいからさ」と言ったのだ。

蕾も、なかなか商魂たくましくなってきたというところだろうか。

「誰にあげるわけでもないけど、花束でも買って部屋に飾ろうかしら。帰りに花瓶も買うわ。そういえば、あんたって花束はつくれるの？」

「う……い、一応」

母の日からさらに練習を重ね、いろいろな形状の花でも試して、蕾の花束作りの腕はそれなりに上達した。咲人にも先日、花丸合格をもらったところである。

だがまだ、商品としてお客様の手に渡ったことはない。

自信に欠ける蕾の心情など露《つゆ》知らず、カスミは「じゃあ、あんたがつくってよ」と指名した。

もう逃げられない。

「適当に花を組み合わせてもいいし、一種類だけでもいいわ。高い花でも買ってあげちゃうわよ？　おすすめはある？」

おすすめかあ……と蕾は、店内に視線を走らせる。

ガーベラにカラー、フリージアあたりは花色も豊富で香りもよく、万人におすすめできる。それだけでも十分に映えるし、他の花を合わせても綺麗な、花束にしやすいラインナップだ。高級感を出すなら、王道のバラもいいだろう。

チラッと、座ったまま体を捻って店を見まわすカスミの様子を確認する。

するとおすすめを尋ねておきながらも、カスミの視線は先程から一点の花にしか注がれていないことに気づいた。

いや、本当は店内に入ってきたときから、彼女が買うであろう花の予想は、蕾にはおおかたついていたのだ。

だって彼女の背中には、今まではなかったカスミソウの花が束になってふわりと咲いて、白い吐息のように優しく揺れている。

『幸福』を意味する、彼女の名である花だ。

一応、他の花の名前も混ぜて挙げつらね、さりげなく蕾は、「うちのカスミソウは単体でも、匂いはキツくないよ？」と付け加えておく。白いカスミソウ一色でまとめるなら、柄入りのリボンを巻いて、思いきったアレンジをするのもありだろう。

そしてちょっと咲人の真似をして、ピンクのエプロンをつけた胸を張り、気取ったふうに問いかけてみた。

「どの花をお求めで？」

それに、カスミは少しだけ寂しそうに瞳を細めて。

けれどあの日のミズ江と、どこか似た顔で柔らかく笑い、「カスミソウの花束を」と口にした。

再会とゴデチア

暦は変わり、今日から六月。まだ梅雨入りする気配はなく、カラッと晴れた天気がここ数日続いている。

そんな中、花屋『ゆめゆめ』は、本日も通常どおり営業中。

店内には咲人目当ての奥様方が、エプロン姿の咲人を取り囲んで、和気藹々と盛りあがっている。庭の花の手入れの仕方を相談され、笑顔を絶やさずアドバイスをする姿は、まさしくフローラル王子だ。

また奥様方はみな、なにかしらの花を体のドコカに咲かせているので、蕾には咲人が花畑の中心にいるようにも見える。

おもしろいのは、ピンクの大きなシャクヤク、赤紫の花弁がたくさん重なるボタン、まっ白なユリが揃っているところか。

「立てば芍薬、座れば牡丹、歩く姿は百合の花」、これは美人を形容する諺《ことわざ》だが、一説では、シャクヤクは背の真っ直ぐな茎に豪華な花をつけるので立ち姿を、ボタンは横向きの枝に花が咲くので座った姿を、ユリは風にそよぐ優美さが歩く姿をそれぞれ例えているとか。

そんな華やかなお客さんの相手を咲人が引き受けている隙に、蕾は切り花や鉢物の品質チェックに取りかかる。

こうした地道な商品管理も、花屋の大切な仕事のひとつ。このあとは水替えに、バケツの洗浄作業もある。バケツはひとつひとつしっかりと洗わなくては、バクテリアが繁殖して花をダメにしてしまう。発生したバクテリアが茎に詰まると、花が水を吸えなくなるのだ。

蕾が順番に切り花から見てまわっている間に、咲人は奥様方が抱えていた花のレジ会計に移っていた。しっかりと商売も忘れていないところは、さすが王子、抜け目がない。

「また来るわね、咲人くん」

「はい、お待ちしております」

満足顔で去っていくお客様方に、最後まで惜しみないキラキラスマイル。今日も鮮やかなお手並みだ。

そんな咲人に、蕾がこっそり尊敬の眼差しを飛ばせば、彼は長い足を動かしてそばまでやってくる。

「お疲れ様、蕾ちゃん」

「咲人さんこそ、お疲れ様です。ところで、その紙はなんですか？」

「ああ。さっきのお客さんたちは、みんなフラワーアレンジメント教室の生徒さんたちでね。今度、公民館で作品の展示会をするらしいよ。その告知ポスター」

筒状に丸められた、A４サイズのミニポスターを咲人が開く。奥様方にぜひ見に来てほしいと誘われたようだ。そういえば、先日店に来た万李華もその教室に通っているらしく、

「どんな作品にしようかしら」とつぶやきを落としていた気がする。基本的には、各々が好きな花を選んで自由に作品をつくるスタイルらしい。

「いろんなアレンジを見るのは参考にもなるし、行ってみようかなって。今週末から開催されるみたいだよ」

「たしかに、勉強になりそうですね」

「……よかったら、蕾ちゃんも一緒に見に行く？」

「え⁉」

咲人は「たまには、店番を父さんに押しつけてさ」と、葉介が聞いたら怒りそうな発言をしつつ、蕾の様子を窺う。

まさかの咲人からのお誘いに、蕾はちょっとだけ動揺した。

「い、いいんですかっ？」

「もちろん。せっかくだからふたりで行こうよ」

バイト先の先輩として尊敬しているだけでなく、中身も含めてイケメンな、みんなの王子様である咲人とのお出かけだ。ある意味、お仕事の一環のような内容だが、やはり心は浮き立つ。

にっこりと笑みを浮かべる咲人を前に、蕾は逸《はや》る心臓を落ち着けてコクコクと頷いた。

「よかった！　じゃあ、いつにしようか？」

蕾の返事に喜び、出かける予定を話す咲人も、心なしか妙に嬉しそうだ。

もしやこれってデート？などと一瞬思い、そんなことを考えた自分の頬を、蕾は思いきり抓《つね》ってやりたくなった。こんなだからカスミに「あんたって夢見がちなところあるわよね」とか、バカにされてしまうのだ。

宣伝も頼まれたらしく、咲人は表のコルクボードにポスターを貼りに行った。その間に、蕾はほんのり上気した顔を冷やしつつ、作業に戻る。

しかしほどなくして、店頭から咲人の「いらっしゃいませ」という声が聞こえてきた。チリンチリンと来客を告げるベルが鳴る。

そして訪れた粗暴な態度の客に、蕾はあらゆる意味で悲鳴を漏らしそうになった。

「恋人の誕生日が近くてな。プレゼントと合わせて、花もなにか贈りたいんだよ。いいやつを見つくろってくんねえか？」

逆立つ赤みがかった髪に、黒いジャケット。同じく黒いダメージデニムに、シルバー系の小物で身を固めた、見るからに軽薄そうな男。

この男性に、蕾は見覚えがあった。

まだ『ゆめゆめ』で働く前。蕾がバイト探しに勤しんでいたときに、カフェテラスで遭遇した、グラジオラスを咲かせていたあの彼である。

ふたりの女性の間で修羅場を展開していた彼のことは、顔も出で立ちも含め、蕾はしっかりと覚えていた。それだけのインパクトだったのだ。向こうは、蕾のことなど記憶にはないだろう。

まさかの再会に驚く蕾だが、悲鳴をあげた理由はそれだけではない。

以前に彼に咲いていた花は、手首から二の腕にかけて沿うように生える、細長い茎にいくつも赤い花をつけたグラジオラスだった。

だけど今の彼の腕には……ツル性の観葉植物であるアイビーが、キツく絡むように巻きついている。

こちらの方も、蕾の脳には確と根付いていた。

捕まったんだ……！　ヤンデレ彼女さんの方に捕まったんだ……！

蕾は人知れず戦慄した。

「おい、聞いているか？」

「は、はい！　申し訳ありません！　お、贈り物用の花ですね！」

屈んで葉の様子を見ていた体勢のまま、固まって返事をしなかった蕾に、男性は苛々《いらいら》と靴音を鳴らした。

慌てて立ちあがり、蕾は営業用の顔を取りつくろう。

「既成のものがこちらにいくつかありますが、いかがでしょう？　一からおつくりすることもできますが、その場合は少々お時間いただきます」

「……ん。このバスケットのはいいな」

男性は、猫足の小さな丸テーブルに飾られた、バラとガーベラのフラワーギフトに目を留めた。だがそれをそのまま購入するまでには至らず、「こんな感じの籠に入れるアレンジで、別の花でつくってくれないか」と注文してくる。

蕾は、予算や仕上がりのイメージ、具体的に希望の花はあるかを尋ねた。培った接客スキルをフルに活かし、咲人や葉介のように〝頼りになる店員さん〟を頑張って演じる。

たとえ、男性に絡みつくアイビーにうっすらと仄《ほの》暗い狂気を感じても、動じてはいけない。

「希望の花は……アイツは花が好きだからなんでも喜ぶだろうが、あんまり王道すぎねえのがいいな」

「それでしたら、こちらの花はどうでしょう？」

平常心、平常心と自分に言い聞かせつつ、蕾は入荷したばかりの花をすすめる。ちょうど品質チェックを終えたばかりの花だ。

「これはゴデチアと言います。花弁が紙のように薄く、絹《きぬ》のような独特の光沢を持つため、サテンフラワーという別名もあります。ここにあるだけでも、赤にピンク、オレンジ、紫など。花色も豊富です。紙のドレスみたいな、ひらひらと広がる花がとっても優美で、女性に人気の花ですよ」

「ふーん。俺もアイツの影響で、そこそこ花には詳しい方だけど、これは初めて見るな」

「葉がたくさんつくので、束ねるなら葉を少し整理しますね。それと、花言葉は『変わらぬ愛』なので、ヤン……彼女さんに贈るにはぴったりかと」

危うくヤンデレと言いかけたが、花のプレゼンは成功したようで、男性は「じゃあそれで」とあっさり決めた。

蕾はテキパキと花を見つくろう。それなりに場数も踏んで、だいぶ手慣れてきたなと自分でも感じた。

蕾は花バサミを使い、作業台で丁寧にゴデチアを一本一本カットしていく。

ゴデチアはまた、『色待宵草《いろまつよいぐさ》』という和名もあり、これは待宵草に花の形が似ていることから来ている。待宵草の仲間で有名なのは月見草だろうか。

だが、夕方に咲いて朝になるとしぼむ待宵草とはちがい、ゴデチアは昼になってもしぼまない。むしろ昼頃に咲き、夜に閉じる昼咲きタイプであり、今も蕾の手の中で可愛らしい花を開かせている。

待っている間、男性は店内を見てまわったりスマホを眺めたりしていたが、どうも手持無沙汰になったようで、いつの間にか蕾の忙しなく動く手を、至近距離でじっと観察している。

地味に気まずい。

視線に耐えかねて、蕾は腕を止めずに思いついた話題を振る。

「え、えっと、花束をお渡しする女性とは、長いお付き合いなんですか？」

「あ？　……ああ、まあな。ただ俺はさ、自他共に認めるクズ野郎でな。女は結構取っ替え引っ替えで、今付き合っているソイツ以外とも、以前は同時に他の女と関係があったんだ」

ええ、存じあげております。

「だけどまあ、いろいろあってな……いや、本当にいろいろあってな」

そのいろいろを知りたいんですけど……と、蕾は内心でつぶやく。

「とにかく、今付き合っているのはソイツだけなんだよ。他の女ともケジメつけてキッチリ別れた。……こんな俺に、あそこまで真剣に向き合ってくれる女なんて、アイツの他にはいねえだろうし。今まで好き放題やってきた分、虫がいいとは思うが、大事にしてやりたいんだ」

ボソボソとそれだけ言うと、彼はフイッと顔を背けた。

恥ずかしいことを口走った自覚があるのだろう、ピアスがついた耳がほんのりと赤い。

蕾はゴデチアを飾るバスケットを選びながらも、あの日の光景を思い出し、巻きつくアイビーを横目で見てしみじみと思った。

これぞ愛の勝利、なのかもしれない。

「喜んでくれるといいですね、彼女さん。誕生日なんですよね？」

問いかければ、男性は細い眉を寄せて不愛想に頷く。

そして顔を背けたまま、また口をもごもごと動かした。案外、彼女さんとのことを誰かに話したかったのかもしれない。

こういう話は、赤の他人相手の方が話しやすいこともあるのだ。

「俺の昔馴染みが、今度結婚するんだとよ。冴えない男なんだがな、喫茶店経営をしている、スゲエ美人と。……まあ、俺の彼女の方が美人だけどな。その昔馴染みは、花束を贈ってプロポーズしたんだ」

「へえ……素敵ですね」

「俺にはまだ、プロポーズとかそんなんはできそうにねえけど。それでも、アイツの誕生日くらいは花のひとつでも贈ってやりたいんだよ。だからまあ、うまく仕上げてくれ」

「……かしこまりました」

それから数十分後。

まっ白なバスケットに、蕾はピンク系の明るい色合いのゴデチアと、他にも数本小振りの花を合わせ、依頼の品を完成させた。

取っ手には白無地のオーガンジー生地のリボンと、細めの黄色いサテンリボンを合わせて巻いてある。籠に収まるゴデチアは、そのひらりと咲く花が女性的な可愛らしさを醸し出し、色合いやリボンのバランスも含め、蕾としては過去最高の出来に仕上げられた。

男性も気に入ったようで、満足げに眺めている。ポスターを掲示し、外の花の水やりも終えて店内に戻ってきた咲人も、遠くからOKサインを出してくれた。

ラストにおまけとして、「誕生日用のカードをつけますか？」と蕾は尋ねる。

葉介のお手製、花のイラスト入りバースデーカードだ。

「いいな、それも頼む。恋人の名前も入れといてくれ。名前は……」

「加菜さんですね！」

元気よく言ったあとから、蕾は「しまった」と後悔した。うまくアレンジできたことに、舞いあがっていた故のミスだ。

男性は「なんで知っているんだよ？」と、怪訝な顔をしている。加菜に花を贈りたいみたいなことを。うん、言っていました。それを聞いただけですよ！」

「いえ！　ほら、さ、最初に言っていませんでした？　加菜に花を贈りたいみたいなことを。うん、言っていました。それを聞いただけですよ！」

わざとらしすぎる弁解だったが、タイミングよく咲人が「お会計はあちらでお願いします」と男性に声をかけてくれたおかげで、その場はなんとかごかませた。

意図せずとも咲人らしい、ナイスアシストである。

そして男性は、手つきはいささか乱暴にバスケットを掴んで。けれど花にひどく優しげな視線を送ってから、逆立つ髪を弾ませて、『ゆめゆめ』を去っていった。

……だけど、二度あることは三度あると言うし。

次にもし、あの男性に出会うときは、今度は加菜さんと一緒に。

アイビーではなく、お揃いのゴデチアを新しく咲かせたふたりに、お目にかかれるといいなと、蕾は緊張の解けた肩を回して、カードを書くのに使ったマジックを片付けた。

こうして、のちに『アイビーショック』（蕾命名）と呼ばれる、若干心臓に悪い出来事を乗り越え、無事に訪れた咲人との約束の日。

フラワーアレンジメント教室の生徒さんたちによる、作品の展示会開催初日。

心地のいい晴れあがった天候もあり、公民館の展示会場はそれなりに混んでいた。

趣向を凝らしたアレンジの数々に、多様な花が咲きみだれる空間は、お休みなのに花屋にいるような感覚を抱かせる。

シンプルな二枚襟デザインのシャツにデニムと、仕事時よりカジュアルな装いの咲人は、より人目を引き、「フローラル王子がお忍びでいらっしゃった……！」と奥様方をざわめかせていた。

蕾もこっそりお洒落をして、いつものハーフアップにしている髪のゴムを、花をモチーフにしたバレッタに替えてみた。それにいち早く気づき、「可愛いね、似合っているよ」とさりげなくひと声添えた咲人は、やはり天性の王子様気質だった。

万李華のカーネーションを使った作品も見つけ、咲人とふたりでこんなアレンジを取り入れてみたいなどと盛りあがり、蕾は楽しい時間を過ごした。咲人も始終ニコニコしていたのでよかったと思う。

……まあ、咲人が笑顔なのは、花に囲まれているからで、それはいつものことなのだけれど。

なお、見た展示作品の中で、蕾がもっとも印象に残ったものは、背の高い花瓶にピンクのゴデチアをメインに据えて、アイビーを長く垂らした、可愛らしさの中にも上品さのある作品だった。

もしかして……と考え、制作者の名前を確認しようとしたが、人の影で見えなかった。

そのまま場を離れたため、真相は藪《やぶ》の中である。

なにはともあれ、「頑張れ彼氏！」と、そう思った。

そして蕾は、相変わらずのお花トークを交わしながら、咲人と並んで夕暮れ道を歩いて帰ったのだった。

いつかの友情とタンポポ

　さあっと吹きぬけた爽やかな風が、蕾の薄緑色のチュールスカートを掬《すく》いあげる。

　花屋『ゆめゆめ』は定休日、大学の授業も午前中までなので、本来なら蕾は、午後から同じ学科の友人と買い物に行く予定だった。しかし友人に急用が入り、その予定はキャンセルになってしまった。

　仕方なく、蕾は大学帰りに、まだ梅雨を迎える前の晴れた空の下を、のんびりとひとり、徒歩で帰路についていた。

　商店街のメイン通りは、昼のピーク時を過ぎ、この時間帯は人が疎《まば》らだ。

　活気溢れる街の姿も好ましいが、蕾はこの緩やかに流れる空気もお気に入りだった。まだここにいたくて、つい寄り道をしてしまうくらいに。

　行きつけのパン屋で好きなパンを買い、書店にも寄って漫画の新刊もゲットした。

「よいしょっと」

　蕾はバッグの持ち手を担ぎなおす。

　ついでに『売れるポップの書き方・初心者編』という大判の本も購入したため、トートバッグの中はいつもより重い。

　基本的に『ゆめゆめ』のポップ関係はすべて手書きで、イラストも描ける葉介が担っているのだが、最近は蕾も任せられることが増えてきた。

一本でも多く花を売るために、効果的に花を紹介することも大事な営業戦略だ。

ただ蕾に絵心はないため、葉介のようにクオリティの高いイラストを添えることは難しい。先日、咲人とカウンター奥の棚整理をしていたら、たくさんの花の絵が描かれたスケッチブックが出てきた。おそらく葉介の練習の跡だろう。

「……そういえば、咲人さんはどうなんだろ」

字は綺麗だが、イラストなどを書いているところは見たことがない。なんでも器用にこなす彼のことだからできてしまいそうだ。

「ん？」

そんなことを考えながら歩いていると、ふと、スマホを片手にうろうろとさまよう男性を見つけた。

絶妙に可愛くない、イグアナっぽいキャラクターがプリントされたパーカーに、だぼっとしたスウェットパンツ。歳は蕾より少し上くらいに見える、素朴な顔立ちの青年だが、目の下の隈がくっきりと目立つ。ひどい猫背で、なんだか具合が悪そうに見えた。

もしかして病院を探しているのかも……と当たりをつけ、蕾はそっと声をかける。

「あの、大丈夫ですか？　道に迷われているなら、この辺なら案内できますが……」

「えっ？　あ、ああ、助かります！　ご親切にどうも！」

振り向いた男性は、予想に反して元気そうな様子だった。顔をあげたことで、彼の肩口にちょこんと咲く、黄色いタンポポも蕾の視界に映る。

そこだけまだ春を残して、ギザギザの歯が風に揺らめいた。

「探しているのはこの場所でして。ご存じですか？」

タンポポ青年は、ズイッとスマホを蕾に見せた。蕾はそれをパチパチと瞬きをして覗き込む。

地図が指し示す場所は、花屋『ゆめゆめ』だった。

「えっと、それじゃあ草太《そうた》さんって、咲人さんの幼馴染なんですか！」

「そのとおり。幼稚園から高校まで一緒だったな。仲良くなったのは高一からだけど」

ブランコと砂場くらいしかない、商店街を出てすぐのところにある小さな公園のベンチで、蕾はタンポポ青年、もとい、咲人の幼馴染である土坂《つちさか》草太と隣り合わせに腰かけていた。

草太は現在、この地元を離れて県外の大学に通っており、先日から用事があって一時的にこちらに戻ってきたらしい。

それでせっかくなので、アポなしで友人の咲人の店に顔を出し、驚かせようとしたそうだが……その途中で久しぶりすぎて迷ってしまった、ということだった。

どちらにせよ、木曜日の今日は生憎《あいにく》の定休日だ。諦めて先程咲人に連絡は取ったが、まだ返事は来ていない。

それなら、ここで会ったのもなにかの縁。

蕾と草太は咲人繋がりで話が弾み、天気もいいので公園のベンチでお喋りに興じているわけである。

「しかも、草太さんがあの『ダンデライオンと君と恋と』の作者だなんて……！」

「あんまり顔出ししてないからなー。大学生兼少女漫画家なんだよ、俺。男が作者でびっくりしただろ？　あ、サインいる？」

「いります！」と蕾はバッグから、先程入手したばかりの漫画の新刊を取り出した。買っておいて心底よかったと思う。偶然とは重なるものだ。

『ダンデライオンと君と恋と』は、中高生向けの少女漫画である。

内容は園芸部の女の子が、タイトル通り、タンポポの花をきっかけに、人気者の先輩に片思いをする、至って普通の高校生青春恋愛もの。

繊細な心理描写とほんわかしたタッチの絵が好評で、一部の夢見る乙女に根強い人気がある。実は蕾も愛読している。

その作者がまさかの男性で、しかも咲人の幼馴染ということに、蕾は傍目にもわかるほど興奮していた。

草太の目の隈や猫背は、言うなら職業病のようなものだったみたいだ。

「おまけに明かしちゃうとさ。あの漫画のヒーローいるだろ？」

「朔人《さくと》先輩ですね！　通称、タンポポ王子！」

「あれのモデルな、咲人だから」

「……ああ！」

言われてみれば、キャラの性格も見た目も、どれをとっても咲人を彷彿《ほうふつ》とさせる。お花が大好きで、作中でタンポポに話しかけるシーンもあった。

読んだときは、少女漫画効果で「花に話しかけるなんて……優しくて素敵！」と思っただけだったが、三次元で実行しているバイト先の先輩が、そのモデルだったとは。

蕾はサインを書いてもらった単行本を受け取りながら、世間って狭いなと感慨深く頷いた。

「ちゃんと咲人にも、モデルの許可は取ってるぞ。もとを書いたのは高校の頃な。その頃の、俺とアイツの話も聞く？」

「聞かせてください！」

咲人の高校生時代の話を聞く機会なんて、そうそうないだろう。想像できるようでできず、蕾はワクワクしながらベンチにちゃんと座りなおす。

「咲人は昔から、顔はイイわ、器用でなんでもできるわの、とにかく完璧な奴でな。不思議と人を惹きつける魅力もあって、女子からの人気はもちろん、男子からも一目置かれていたんだ」

「なるほど……咲人さんの王子っぷりは、昔からなんですね」

「俺は最初、そんなアイツがいけ好かなかったけどな。母親の影響で少女漫画が好きなだけの、非モテ地味男子だったから、俺。幼稚園から一緒でも、咲人はもう別次元の人間だったんだよ」

「そこからどう仲良く……？」

接点自体が少なさそうなふたりだ。蕾は咲人たちの制服姿を勝手に想像しながら、話の続きを待つ。

「きっかけは漫画だな。高校の頃、俺は自分でも描いてみたくなって、ノートに少女漫画の汚い下書きを描いていたんだ。家だと弟たちの面倒を見るので大変だったから、学校の休み時間にこそこそと。それが『ダンデライオンと君と恋と』の原型。ストーリー上、よく雑草も含む花が出てくるから、学校の花壇の前でスケッチとかもしていた」

「そこで偶然、咲人にノートの漫画を見られたんだよ」と、草太は降りそそぐ陽光を受け、眩しそうに瞳を細める。

「幼馴染みでクラスが同じでも、まともに話したのはあれが初めてだった。アイツは俺の漫画を見て、第一声になんて言ったと思う？」

「えっと……？」

小首を傾げる蕾に、草太は咲人の声真似らしきものをする。

「『すっごく綺麗なハルジオンの絵だね！　花や葉の特徴をよく捉えている！　すごいよ、土坂くん！』って」

「あ……すごく咲人さんです」

「クラスメイトの男子が少女漫画を描いていることには、いっさいノータッチ。コマの隅に描いた、ハルジオンって雑草のことばかり褒めて、本編はガン無視だ。そのときに俺はようやく、アイツのちょっとズレた花バカと天然さに気づいたんだ。『あれ？　コイツ、わりと変な奴じゃね？』って」

ハルジオンといえば、どこにでも自生する春の雑草だ。先程蕾たちがここに来るまでの道端でも見かけた。中心の黄色い筒状花《とうじょうか》から、白、もしくは薄ピンクの細い糸のような花弁をつける。

キク科の『紫苑《しおん》』の花からとって、春に咲く紫苑で春紫苑《ハルジオン》である。

よく似た植物でヒメジョオン（漢字で書くと『姫女苑』）があるが、ツボミが下向きならハルジオン、上向きならヒメジョオンだ。お姫様は上を向くと覚えるといい。

またハルジオンは、一部地域では『貧乏草《びんぼうぐさ》』とも呼ばれ、花を折ったり摘んだりすると、貧乏になるという逸話がある。由来は『どんな貧乏な家の周りでも生える』からだとか。

これは諸説あるが、ぜひ金持ちに折らせてみたい……と、蕾はうっすら思ったことがある。

「そこから意外と馬が合って、咲人とは漫画を見せて感想をもらう仲になったんだ」

「咲人さんが感想を……！」

「八割は花についてのコメントだったけど、作中のメインで使う花を、タンポポはどうかって提案したのは咲人だ。理由は、『俺がタンポポ好きだから』だそうで」

「へえ。咲人さんなら、どの花も好きって言いそうですけどね。それで、タイトルも『ダンデライオンと君と恋と』になったわけですか」

タンポポの英名は有名だ。タンポポの葉のギザギザが歯に見えるから、そのまま『ライオンの歯』という意味である。

そこに思い出でも映し出されているように、草太はスッと、視線を上空の青い空へと向ける。

「……アイツは、男なのに少女漫画を描いている俺を、バカにもしないし、ネタにもしない。アイツも超がつく花好きの変人だから、人のこと言えないだけかもしれないけど。俺も漫画を見せられる相手は咲人だけだったし、包み隠さず趣味のことを話せるのは楽しくてな。なにより、アイツは当たり前みたいに、俺の趣味を応援して褒めてくれるから。一緒にいて居心地がよかったんだ」

咲人のお花好きも、あの自然とほだされる独特の柔らかな空気も、その頃から健在だったようだ。蕾もお店で困っているときは、あの空気と共に手を貸してくれる咲人に、何度も助けられた。

ふたりの奇妙な友情のきっかけに、蕾はちょっとおかしくなって口角を緩める。

「漫画のことを抜きにしても、アイツは本当に心底、優しい奴でさ。……実はこんな事件もあったんだ」

草太はそう言って懐かしそうに目を細めた。

高校二年に学年があがる頃の出来事だ。

その頃には草太の漫画は完成間近で、咲人のおかげで自信もつき、そのうち本格的な原稿にして、どこかの新人賞に応募してみようかと考えていた。一番の読者である咲人なら、きっと喜んで応援してくれるだろう。それを想像すると、気分は上を向いた。

だがそんな折に、草太にとって人生最大ともいえるピンチが訪れる。

教室の掃除の途中でノートが紛失し、それがクラスのやんちゃな男子グループの手に渡ってしまったのだ。

「このクラスに少女漫画を描いている奴がいるぞ」などと囃《はや》し立てられ、〝最悪〟という二文字が脳内で踊った。

どこの学校にでもありがちな出来事とはいえ、当事者にとってはたまったものじゃない。

ノートには名前が記されていなかったため、掃除の時間はまるで、探偵ドラマによくある犯人探しのようになった。

「名乗り出ないと朗読する」とか、「掲示板に貼るぞ」とか。

どんどんエスカレートしていく男子グループに、草太はもう半パニック状態だ。

ノートを乱雑に捲り、バカにしたように笑う連中に自分が一生懸命描いた作品が、そんなふうに晒しものにされる理由なんてないはずだ。咲人だって、「おもしろいよ」と褒めてくれたのだから。

それでも、怒りと羞恥で煮えくり返る心とは裏腹に、「俺のだから返せ」と、そのひと言が出てこなかった。

喉が張りついたように機能しない。

すぐにでもノートを取り返したくても、自分が描いていることがバレるのが怖くて、冷や汗と激しくなる動悸に苛《さいな》まれながら、草太はただただ固まっていた。

そんな絶体絶命のところに、ヒーローならぬ王子は登場したのだ。


「もしかして……咲人さんが？」

「おう。手をあげて、『それ、俺のノートだから返してくれないかな？』って」

喧騒《けんそう》と冷やかしの声に包まれる、教室の中。

凛とした声とどこまでも涼しい顔で、悠然と言い放つ咲人の姿を、蕾は想像した。きっとあの普段どおりのキラキラ王子様スマイルも崩さずにいたにちがいない。

草太は当時を思い起こして、乾いた笑いを漏らす。

「そのあとに『それは俺のイトコのハトコの又イトコの姉さんが描いたものなんだよ』って台詞が続いたけどな」

「サラッと適当なこと言っていますね……」

「笑顔で押しきるのがスゲエよな……」

でも、と草太は言葉を区切る。

「『とても大切なノートなんだ。俺も好きで読ませてもらっているけど、すごくおもしろいよ』とか言ってくれてさ。カッコ悪いけど、泣きそうになった」

温かな眼差しをする草太の肩では、過ぎたいつかのことを夢見て懐かしむかのように、タンポポの葉が微睡《まどろ》み揺れている。

蕾もつられて、柔らかな笑みを口元に乗せた。

なお、咲人の謎の迫力に押されて、男子グループはあっさりとノートを咲人に手渡したそうだ。

それまでおもしろがったり、我関せずを貫いていたりした他のクラスメイトは、それが咲人のノート（正しい設定は咲人のイトコのハトコの又イトコの姉さんが描いた）だとわかった途端、女子は「えー咲人くんも少女漫画読むの？　なんか似合うー」と盛りあがり、男子は「咲人が言うならおもしろい漫画なんだろうな」と納得しだしたとか。

ついでにそのあと、咲人たちのクラスではしばらく、男女問わず少女漫画ブームが訪れたらしい。

「あとでこっそり返してもらって、俺は何度も頭を下げた。でもアイツは、恩に着せるような態度もいっさいなくて、『そうした方がいいと思ったから、そうしただけだよ』って。カッケエよな」

「カッコいい、ですね」

「おまけに優しい奴だろ。なんの見返りもなく、呼吸するみたいに誰かに優しくできるんだよ、アイツ」

「それは……私も思います。咲人さんは優しい人です」

「……前にさ、なんでそんなに花が好きなのか、咲人に聞いたことがあったんだ。そうしたら咲人は、『花のそばにいると優しい気持ちになれるから』って言ってた」

花のそばになんかいなくても、十分優しい奴なのにな、と、草太は呆れたように苦笑した。

温かな風が吹いて、地面の砂がくるくると踊り、ブランコが小さく軋む音を立てる。

草太は一度息をついて、青白い指を足の間で組んだ。

「だからまあ、なんか報いないと俺の方も気が済まなくて。なんでもいいから礼をさせろって、咲人に迫ったんだ。そうしたらアイツ、俺の持っていたあるものを欲しがって……」

歯切れが悪くなった草太に、蕾は不思議そうにその横顔を見つめる。

チラッとそんな蕾を確認して、草太は「あー……」と照れ臭そうに首の裏を掻いたかと思えば、やがてボソボソと白状した。

「咲人が欲しがったのは、スケッチブックなんだよ」

「スケッチブック？」

「そう。『それなら、草太が花の絵の練習をしていた、あのスケッチブックが欲しいな』って。なんでそんな恥ずかしいもん欲しがるんだって聞いたら、『入院中の母親に、友達の描いた花の絵を見せてやりたいから』だと」

「香織さんに……」

そこで蕾は合点がいった。

『ゆめゆめ』の棚で見つけた、あのスケッチブック。あれは葉介のものではなく、草太が咲人に贈ったものだったのだ。店に置いておいたのは、単純に花に囲まれた場所に保管しておきたかったからか。

あらためて思い出してみれば、蕾の手からそっとスケッチブックを受け取った咲人は、とても優しい顔をしていたように感じる。

「……俺としては、俺の絵を評価して、『友達の絵』を見せたいって言ってくれたのが、嬉しかったというか、なんというか」

声がどんどん小さくなる草太に、蕾はついクスクスと笑いを漏らしてしまった。

咲人も草太も、なんだか可愛く感じてしまう。

草太は笑われてばつの悪そうな顔をしていたが、なにかを思いついたのか、不意に隣の蕾に向き直った。今度は打って変わって、ニヤリと意地の悪そうな表情を覗かせる。

「なんか俺ばっか恥かいて、咲人の株をあげすぎて悔しいから、アイツのカッコ悪い話も蕾ちゃんには教えとくわ」

「咲人さんのカッコ悪い話？」

なんだろうか。

今までの話とは別の興味がそそられる。

「実は咲人は、恋愛面では不器用なんだよ。普段は女の子の扱いもスマートなんだが、基本的に天然なんだよなあ。告白されて付き合った女子に、『私と花のどっちが大事なの⁉』って聞かれて、ガチで困った顔をしてフラれたりとか」

「それは……聞く方も聞く方かと……」

「あと、これは大学時代のわりと最近の話な。他に付き合っている男がいたのに、咲人にひと目惚れしたとかで、猛烈アタックしてきた女子がいたみたいでさ。断ってもしつこく言い寄ってくるから、さすがのアイツも参ったみたいで、『これ以上傷つけない断り方がわからない。助けて』って俺にヘルプの連絡をよこしてきたんだ。悪いがあれには笑ったなあ。なんか、咲人も人間だったんだなあと……」

ちなみに草太は、「お前の大好きな花の話を、思う存分その女の子にしてみろ。たぶんそれで解決する」と返信したらしい。助言のとおり実行したら、彼女は途中で付き合いきれずリタイアし、咲人の前に二度と現れなくなったとか。

花の話は楽しいのに……と思うあたり、蕾もたいがいお花バカになりつつあることに、本人は気づいていない。

「まだまだネタがあるが、このくらいにしとくか。さっき咲人から連絡も来ていたし。こっちにもう向かってるみたいだぞ」

グイッと、草太は凝りかたまった体を解すように伸びをして、ゆっくりと立ちあがった。

蕾も合わせてベンチから体を起こし、窺うように草太を見る。

「というか今さらですが、咲人さんのいないとこで、私がここまで聞いてよかったんですかね？」

「オーケーオーケー。蕾ちゃんには言っても大丈夫って、少女漫画家の勘が告げているから」

よくわからない言い分に蕾が訝《いぶか》しげな顔をしている間に、公園の塗装の剝がれた柵の向こうから、咲人が明るい茶色の髪を靡《なび》かせてやってきた。

走ってきたことで、咲人の胸に咲く紫の花が、忙しなく揺れている。

しかもなぜか咲人の手には小さな植木鉢に植えられた、黄色いタンポポの花がお座りしていた。

「ごめん、待たせたね、草太！　それに蕾ちゃんも！」

「久しぶりだな、咲人。相変わらず腹立つイケメンぶりだよな。でもまあ、元気そうでよかったわ」

「草太もね」

気安く言葉を交わす様子は、久々に会ったというのに距離を感じさせない。

草太と話す咲人が、いつもより〝男の子〟な感じの幼い雰囲気をまとっていて、蕾には新鮮に感じた。

シャツに細身のデニムでラフな装いの咲人は、大学帰りだろうか。肩に大きめのリュックを引っかけている。それにしても、手の中のタンポポの鉢が気になるところだ。

「あの、咲人さん、そのタンポポって……」

「これ？　これはね、ちょうど『ゆめゆめ』に立ち寄ったら、店の前の道路の端に咲いていたんだ。そこで草太が帰ってきてるって連絡を見て、それならお土産にと思って、慌てて鉢に植えてきたんだよ」

「俺への土産がタンポポか……」

「だって、草太といえばダンデライオンだろう？」

はい、といい笑顔で咲人はタンポポを手渡す。

春の野に咲く花の代表でもあるタンポポは、それ自体からお日様の匂いがしてきそうだ。見ているだけでも、日向ぼっこでもしているような、ほんわかとした空気に包まれる。

それに、これからまた遠くへ去っていく友人に手渡すのに、タンポポは案外ぴったりかもしれない。

「タンポポにもちゃんと花言葉があるんですよね。綿毛になると、風に乗って飛び立っていく様子から、『別離』って。ただ悲しい意味合いじゃなくて、巣立ちとか新しい場所でのスタートを応援するとか、そんな前向きな意味でしたよね」

「さすが蕾ちゃん！　タンポポはアスファルトの上でも咲く、強い野花だからね。エールを送る意味があるんだよ。他には、『真心の愛』とか、『愛の信託』とか。このあたりは、ヨーロッパではタンポポの綿毛で、恋占いなんかをしていたことに由来するね」

「タンポポって実はすごいんですよね。戦争中にコーヒー豆が不足したドイツでは、代用としてタンポポの根を焙煎して『タンポポコーヒー』をつくって飲んでいたとか」

「そうそう。カフェインは含まないけど、風味は本物のコーヒーに近くて、二日酔いにも効くんだ。タンポポの葉や根は漢方薬にもなるしね。サラダにして食用でもいけるよ」

　タンポポの鉢を持った草太を間に挟んで、蕾と咲人はタンポポトークで盛りあがる。

　ある意味、『ゆめゆめ』では通常どおりのふたりの姿だが、草太は少し面食らったあと、蕾と咲人を交互に見て、それからなにかに納得したように顎に手を当てた。

「どうかしましたか、草太さん？」

「いや、やっぱり俺の少女漫画家の勘は当たっていたなあと。こんなふうに楽しそうに女の子と話す咲人は、初めて見たわ。そっかそっか、咲人はそういう相手の前だと、こんな顔をするんだな。勉強になった。また漫画の参考にさせてもらうな」

「えっと……？」

　なにやらひとりで解釈を進めている草太。

　蕾がその言葉の意図を考える前に、咲人が「そうだ！」と声をあげる。

「これから時間はある？　前から行ってみたかった、シフォンケーキのおいしい喫茶店があるんだ。そこでもう少しのんびり話そうよ」

　その提案に草太はすぐに乗った。よければ蕾も一緒にと誘われたが、そこはさすがに遠慮しておく。長い付き合いの友達同士、積もる話もあるだろう。

　ひとまずは草太の実家に寄ってタンポポを置いてから、咲人たちは喫茶店に、蕾は今度こそ家に帰ることになった。

　ただ、途中までの道のりは一緒だ。

三人で並んで歩いていたら、咲人が目ざとく、路肩に咲いていたタンポポの綿毛をちょうど三つ見つけた。タンポポの綿毛が飛ぶ時期は、だいたい四月から六月の初旬なので、最後の最後まで残っていた綿毛たちかもしれない。蕾にしか見えない、草太の肩に咲く黄色いタンポポと並べると、そこに春の始まりと終わりが一緒に存在しているようで、蕾は温かな気持ちになった。

「せーの！」

という蕾の合図のもと、摘んだ綿毛状態のタンポポを、三人で並んで一斉に吹く。

いつかの友情に想いを馳《は》せ、種と一緒に過去を未来に運ぶように。

青い空に舞いあがった白い綿毛は、風に乗ってどこまでも飛んでいった。

犬とアジサイ

「蕾ちゃんは、『アジサイ太郎』って知ってる？」

「……新しい駄菓子の名前？」

「ちがうよ！　犬の名前だよ！」

六月も中旬。季節は太陽が休暇を取る梅雨。

空には灰色の雲が充満し、湿った空気が街を覆う日々が続いている。

いつものように『ゆめゆめ』に花を買いに来た千種と万李華のお花親子も、雫の垂《た》れたカラフルな傘を腕にかけていた。

千種に至っては、可愛らしい花柄のレインコートも着ている。最近の雨対策グッズは、コートも長靴もデザインに富み、ファッションの一環として成り立っている。幼少期はレインコートを『カッパ』と呼んでいた蕾からすれば、千種はお洒落上級者だ。

店内では万李華と葉介が、各々の体に咲くカーネーションとチューリップを突きあわせて、梅雨時の花の手入れについて議論を交わしている。

代表的な手入れ方法のひとつは『切り戻し』だろうか。これは、伸びた茎や枝を切り、不要な部分を取り除く作業だ。そうすることで新芽に栄養が回り、また風通しがよくなることで、暑い夏に向けた準備や害虫予防にも繋がる。

白熱する万李華たち。その間、暇を持てあました千種は、カウンター横の椅子に座って蕾とお喋りをしていた。

そこで飛び出してきた謎の単語が『アジサイ太郎』である。

「あのね、この季節になると、学校の花壇とか近所のお家でも、どこにでもアジサイが咲くでしょ？　そこにね、その犬は現れるの」

「野良犬？」

ぶんぶんと、千種はツインテールを左右に振る。

「ボロボロの首輪に『太郎』って書いてあって、たまにリードも付いているから、野良じゃないよ。雨の日は、ペット用の黄色いレインコートも着ているみたい」

「あ、じゃあ飼い主さんがいるんだ」

「うん。それっぽい人が、慌てて連れ戻しにくるのを見た子もいるし。現れるようになったのは、今月に入ってからかな？　アジサイの咲くところで目撃されるから、私のお友達はみんな、『アジサイ太郎』って呼んでいるの」

なるほどそういうことかと、蕾は興味深げに頷いた。子供のつけるネーミングは、なかなか奇抜で楽しい。

たしかに、この時期はアジサイが見頃だ。アジサイはもともと日本が原産なので、千種の言うように、どこに行ってもたいてい咲いている。日本人には親しみ深い花だ。

品種も豊富で、寒さに強く育てやすさは抜群の『アナベル』、繊細な色合いの変化が美しい『万華鏡』、ころんとした丸みがかわいい『てまりてまり』などがある。星の形に似た細い花弁が幾重も連なり、雨の中でダンスを踊っているように見える、『ダンスパーティー』という種も人気が高い。

しかし、一般的にアジサイといえば、こんもりと小さな花が集まりドーム状に盛りあがったものを指す。これをホンアジサイとも呼ぶ。

現在、『ゆめゆめ』の店頭で看板娘をしているのはガクアジサイで、これはホンアジサイのもとになる花だ。ガクアジサイが園芸用に改良され、一般的なホンアジサイになったのである。

「私の家にも、お母さんが植えたアジサイがあるし。そのうち来るかな？　来てほしいなあ」

「どうだろうね？　変わっているけど、アジサイが好きな犬ってことなのかな。でも、それって脱走してきているってことだよね？　飼い主さんが大変そうというか、なんというか……」

「散歩の途中で、何度も逃げられる飼い主さんの方が間抜けなんだよ！」

声を大きくし、「醤油《しょうゆ》とコーラをまちがえて買った、うちのお母さんみたい！」と千種は丸い頬を膨らます。

千種はまだまだ文句を言いたいことがあるようで、コートの裾をバタつかせて口を尖らせている。

そして、万李華のおっちょこちょいを順番に挙げつらねようとしたところで、不意にその声はかかった。

「あの、すみません……」

「あ、はい！　なにかお求めですか？」

声をかけてきたのは、先程まで店内で花ではなく、アンティークの小物の方をじっくりと見ていた、年若い女性だった。

背中まである長い黒髪を無造作にひとつに束ね、前髪は飾り気のないピンで留めている。地味な色合いのワンピースに、片手には透明なビニール傘。眼鏡だけが鮮やかなオレンジのフレームで、それが変に浮いていた。

俯きがちに口を動かす様は鬱々としていて、外の暗雲を連れてきてしまったようだ。

「いえ、そうではなく……さっきのあれ、私なんです」

「え？」

「ですから、先程おふたりがされていた話……あれ、私のことなんです」

意図が摑めず、蕾と千種は顔を見合わせる。

空気の抜けた風船のような覇気のない声で、女性はあらためて言い直した。

「さっき話題にされていた『アジサイ太郎』は、うちの犬です……。そして、いつも脱走される『間抜けな飼い主』は……私、です」

女性の名前は、肥田芽衣子《ひだめいこ》といった。

商店街の本屋で書店員をしていて、童顔のためもっと幼く見えるが、二六歳だ。『ゆめゆめ』に来店するのは今回が初めてらしい。

そして、例の『アジサイ太郎』の飼い主である。

「あ、あの、間抜けな飼い主とか言っちゃって、ご、ごめんなさい……！」

「いいですよ……まったくこれっぽっちも気にしていませんから」

あわあわと椅子から下りて謝る千種に、芽衣子は力なく笑う。

「私、間抜けなんですよ、本当に。ここ最近逃げられっ放しで……ここに来たのも、このお店のアジサイに、うちの犬が反応して駆けだしたからなんです。あ、今はお店の前にいますよ。あの眩しいお兄さんが相手をしてくれています」

「眩しいお兄さんって……」

「というか、いるの⁉　アジサイ太郎⁉」

パッと勢いよく顔をあげた千種は、一目散に店の外へと飛び出した。それに蕾と芽衣子も続く。

空はまだ灰一色だが、雨はいったんやんだようだ。店のロゴ入りのオーニングテントの下では、商品であるアジサイの前にじっとお座りする犬が一匹と、そんな犬の頭をやんわりと撫でる咲人がいた。

千種の話どおり、犬は黄色のペット用のレインコートを着ている。隙間から覗く首輪のプレートには、ガタガタの文字で『太郎』と彫られていた。

茶色の毛にくるんとカーブを描く尻尾に、丸い立ち耳。千種でも抱きあげられそうな小型犬で、見た目は豆芝っぽいが、もしかしたら雑種かもしれない。そのあたりは、動物に詳しくない蕾にはわからなかった。

ただ、蕾にだけわかることがひとつ。

『アジサイ太郎』のレインコートの上の背中には、まるで小さなランドセルでも背負っているかのように、丸く膨れたピンクのアジサイが咲いていた。

これに、蕾は少々面食らう。蕾の能力は、〝誰かの体のドコカに咲く、想い入れのある花が見える〟というものだ。

それが犬相手、むしろ人間以外の動物相手では初めてである。

だけど、そこに花が咲いているのなら。犬にだって、〝思い出の花〟があるということなのだろう。この犬にとって、それはきっとアジサイなのだ。

「かわいー！　おまえ、本当に脱走なんかしたの？　こんなにおとなしいのに！」

千種は嬉々として、アジサイ太郎のそばへと駆け寄った。そのふわふわの頭を、しゃがんで咲人の横から撫でる。

アジサイ太郎は「くうん」と鳴いて軽く身じろぎしながらも、抵抗はしなかった。外れたレインコートのフードが、宙でゆらゆらと揺れている。

蕾の横に立つ芽衣子は、そんな愛犬の様子を眺め、深々とついた溜息で眼鏡を曇らせた。

「普段はおとなしいいい子なんですよ。お手もお座りもできるし、無駄吠えもしません」

「たしかに、人に慣れているみたいだし、今は落ち着いていますね」

千種と戯れる様子からも、飼い主が手を焼くようには見えない。

躾《しつけ》の行きとどいた賢い犬だ。

「散歩中に勢いよく駆けだしたり、家からも隙をついて脱走したりするようになったのは、今月に入ってからなんです……。といっても、この犬は今年の春頃に、親戚から引き取って私の家に来たばかりなので、以前がどうだったかはわからないのですが」

もう一度だけ息を吐いて、まるで人生相談でもするような重々しい口調で、芽衣子は『アジサイ太郎』についてのあらましを、隣の蕾に打ちあけた。

『アジサイ太郎』の本名は、『桃太郎《ももたろう》』というらしい。

プレートの『桃』の字が擦れて見えにくくなっているだけで、ちゃんと首輪にも記してあった。

これは、芽衣子の前の飼い主の女の子の名前が、『桃果《ももか》ちゃん』で、そこから『桃』を取って、オスなので太郎をくっつけた。芽衣子は『モモ』と呼んでいるそうだ。

桃果ちゃんは芽衣子の親戚の子で、歳は千種と同じくらい。モモのことを可愛がっていたが、親の転勤でこの街から引っ越すことになり、モモは引っ越し先には連れて行けなくなった。

そこから、芽衣子の家へと引き取られることになり、今に至るそうだ。

「うけおったのはうちの母なんですけどね……知らぬ間に、世話は全部私の役目になっていました。『彼氏もいないんだから、モモの世話はあんたがやりなさい』って、とんだ横暴ですよ。彼氏いなくても関係ないだろ……」

負のオーラを増す芽衣子。ちゃんとすれば、肌も綺麗で鼻筋も通っており、それなりの容姿なのに、もったいないないなと蕾は思う。カスミあたりが芽衣子と会ったら、無言でメイク道具を取り出しそうだ。

「いえ、私もけっして、モモの面倒を見るのが嫌なわけではないのです。犬は昔から飼ってみたかったですし。それなりに懐いてくれて、うまくやっていたはずでした」

「今月に入ったくらいから、モモの暴走が始まったんでしたっけ……？」

「そうなんです。アジサイの咲いている場所に向かって、とにかく走っていくんです。……さっき言われたとおり子供たちの間では、『アジサイ太郎』なんて、都市伝説みたいなあだ名までついて」

『口裂け女』や『人面犬』に比べれば、ずいぶん可愛いらしい都市伝説だ。

「私もわかっていて身構えるのですが、もう何度リードを振りはらわれたことか……。私にはやっぱり、動物を育てるなんて無理だったのでしょうか」

芽衣子は視線を落とし、ネガティブ発言を足元の水溜りに溶かしていく。

あの小さな体で芽衣子の腕を振りはらうとは、モモはどうしても、アジサイのもとに行きたいらしい。

蕾はそっと、モモの背中に咲くピンクのアジサイを観察する。

犬が急に飼い主の手を離れて走りだすのは、事故のおそれもあり危ない。モモにはなさそうだが、人間の見えないところで、アジサイの葉を誤って口に入れるのも危険だ。アジサイの葉や根には、嘔吐や痙攣《けいれん》を引き起こす毒があるのである。

そういった面からも、不幸な出来事が起きる前に、蕾はこの件を解決する手助けをしてあげたかった。

あの背中に咲く、ピンクのアジサイに込められたモモの想いがわかれば、芽衣子の悩みを、解決する糸口になるのではないだろうか。

でも、相手が犬では聞くこともできない……。

「モモが、アジサイに向かっていく理由はなんなのでしょうか？　きっと理由がありますよね？」

「それがわかれば苦労しません……私が知らないだけで、犬にはそんな習性があるのかとか、新種の奇病なんじゃないかとか、疑ったこともありますが、ちがいました」

「……ちがうでしょうね」

「最初に近所の公園に咲くアジサイに駆けて行ったときは、『アジサイの下に死体が埋まっているのかも⁉』とか、妄想して興奮したこともありますけど」

「し、死体っ？」

いきなり理解の及ばない発言をした芽衣子に、蕾は意表を突かれる。若干引いてもいる。

芽衣子は気まずげに視線を逸らしながら、「ごめんなさい、私って極度のミステリーマニアで……ついなんでも、事件に繋げてしまうんです」と明かした。

モモは探偵犬さながらに、アジサイの下に犯人が埋めた死体を見つけたのだ……という発想を真っ先にした芽衣子は、とんだ妄想女子だ。

「え、えーっとですね、そうではなく、モモにはなにか、アジサイの花に想い入れがあるのではないか、という話です」

「アジサイの花に想い入れ……？」

きょとんとした顔で、「犬に、ですか？」と聞き返す芽衣子に、蕾は「犬にです！」と力説する。

普通なら、犬が花に特別な想い入れを持っているなど考えないだろう。それこそ、まだ芽衣子のミステリー説の方が自然かもしれない。

しかし、蕾には確信があるのだ。モモには必ず、アジサイにまつわるエピソードがある。

「モモがアジサイに……」

芽衣子は眼鏡を弄りながら考えを巡らせるが、思いあたらないようだ。それでも蕾はなにかあるはずだと食いさがる。

蕾にだけ見えるあのピンクのアジサイが、モモの人間にはわからない想いを伝えている。人だろうと犬だろうと、そこに想いがあるから、花は咲く。

「そんなふうに、原因を考えたことはありませんでした。……少し、調べてみます。また来るかもしれません」

そう言って、芽衣子はモモを連れて、その日は『ゆめゆめ』を去って行った。千種は「えー！もう帰っちゃうの？」と不満の声を発していたが。

黙って話を聞きながら、保護者代わりに千種とモモを見守っていた咲人は、蕾の横に立ち、「アジサイ太郎の謎が解けるといいね、蕾ちゃん」と微笑みかけた。

それに蕾は頷き、またポツポツと降りだしてきた雨雲を見あげた。


それから数日たったある日のこと。

今日も空からは糸のような雫が、絶え間なく地面に向かって伸びている。

雨天が続くせいか客足は途切れがちで、店内にいるのは蕾と咲人だけだ。葉介は配達に出ている。

ただ、店番組みにも仕事がないわけではなく、咲人は電話で注文の入った、結婚祝い用のフラワーギフトを制作中だ。

梅雨といえばジューンブライド。ブライダル関係は式場の飾りやブーケなどでも、花の出番がたくさんある。

「蕾ちゃんは、知り合いの結婚式とか出席したことある？」

「……まだないですね。咲人さんはあるんですか？」

「うん。何度かね」

作業台で花を束ねる咲人の傍ら、蕾は不要な葉の片付けや、資材の準備などの手伝いをしている。結婚式と聞くと気持ちが浮き立つのは、純白の花嫁は女の子の憧れだからか。

「前に出席した結婚式では、カサブランカのキャスケードブーケが綺麗でね。あの形は、やっぱり伝統的で気品があるよね」

「キャスケードブーケって、たしか縦長のブーケでしたよね。キャスケードが英語の『滝』って意味で、そのまま、滝が流れ落ちるようなラインのブーケのことを言うって、本か雑誌で読んだ気が……」

「そうそう。白い花でつくるキャスケードブーケは、教会の挙式の定番だね。海外のウェディングでもポピュラーだよ」

結婚式のブーケには、いくつか決まったスタイルがある。

話題に出たキャスケードブーケ以外にも、正面から見ると全体が丸く、愛らしい様がどんなドレスにも合わせやすい、ラウンドブーケ。切り口を揃えた茎を見えるようにし、持ち手もあり応用も利く、ブーケトスにも適したクラッチブーケ。雫を逆さまにしたような形の、ティアドロップという種類もある。

花屋の従業員としては、自分が花嫁としてブーケを持つ云々とは別に、友人の結婚式などで自作のブーケを使ってもらえることがあれば、とっても素敵だなあと蕾は夢想する。

もちろん、ブーケを持つのもつくるのも、夢のまた夢だが。

とくに蕾としては、「今度こそいい男を捕まえられそうよ！　マザコンでもナルシストでもない普通の男！」と熱弁していたカスミに、カスミソウをアレンジしたブーケを贈りたいところである。

「あ、ごめん、蕾ちゃん。そこの青いリボン取ってくれる？」

「はい！　これですね！」

カット済みのライトブルーのリボンを、蕾は咲人に手渡す。今回は花もリボンも青系統でまとめるようだ。

ぬかりのない咲人のことだから、サムシングブルーを意識しているのかもしれない。

ある四つのものを身につけると、花嫁が幸せになるというヨーロッパのおまじない、『サムシングフォー』。そのひとつがサムシングブルーで、青いものを取り入れるとよいとされている。

電話の依頼主は花嫁の親友らしい。贈る相手の幸せを青いフラワーギフトに込めて、咲人は手を動かしている。花言葉が『幸福な愛』で、可憐な青の花弁を持つブルースターを扱う指先は、相変わらず優美だ。

まだまだ花束作りやアレンジメントのスキルを勉強中の蕾は、そんな咲人の制作過程を見て学ぶ。

だが、用意された青いアジサイを目に留め、ちょっとした疑問を抱いた。

「あの、咲人さん。私の記憶が正しければ、アジサイの花言葉って、『移り気』や『浮気』じゃなかったでしたっけ……？」

「うん、合っているよ。さすが蕾ちゃん」

「それ、結婚祝いにまずくないですかっ？」

完全に新婚に喧嘩を売っている。

アジサイは膨らみがあるため隙間を埋めるのに使え、アレンジメントにおいても有効だが、状況的に大丈夫かと蕾は心配になった。

「アジサイは、見事に正反対の意味も持っていてね。蕾ちゃんが言ったネガティブな花言葉の他にも、『元気な女性』『一家団欒《だんらん》』っていうのもあるんだよ。こっちは、花嫁さんにぴったりでしょ？」

「え……そうなんですか」

「小さな花びら……正確には萼だけど、それが寄り集まる姿が、『家族の結びつき』を表しているって解釈みたいだね。アジサイはおもしろいよね」

心が移るという意味もあれば、家族の繋がりも意味するアジサイ。

話をしていて、どうしても蕾の脳裏を横切るのは、三日前に訪れたモモと芽衣子のことだ。

あれから、モモの想い入れはわかっただろうか。実は密かに気にかけていた。

いったいどんな思い出が、モモにはあるのだろう。

「移り気……家族……」

アジサイの花言葉を繰り返し、次いで、モモを初めて目にしたときの様子を思い出す。

咲人に撫でられながらも、モモはアジサイの前で、じっとお座りをしていた。

それはまるで、なにかを待つように。

「もしかして、モモにとってのアジサイって……」

蕾にひとつの仮説が浮かんだときだ。

忙しなく来客用のベルが鳴り、ひとりの客が勢いよくドアを開けた。相変わらず変に洒落た眼鏡をかけ、長い髪を乱した芽衣子だった。

彼女はドアに手をつき肩を上下させながら、鬼気迫る顔で「モモ、来ていませんか⁉」と、叫ぶように声を張りあげた。


いつもどおり、モモと散歩をしていたら、例によってリードを振りはらい脱走してしまったらしい。

コース的にまた、てっきり『ゆめゆめ』のアジサイのもとに来ているのだろうと思って、店の方までやってきたら、店頭にモモの姿はない。

焦った芽衣子は、勢いのまま店の中に駆け込んだそうだ。

「お仕事中に本当にすみません……っ！　で、でも、モモモモモモが！」

「お、落ち着いてください、芽衣子さん！」

そう言いながらも、蕾も芽衣子の焦燥感に呑まれて声が上擦っている。ひとまずここにモモは来ていない旨を伝えれば、芽衣子の顔は一段と青ざめた。

「ど、どうしたら……とにかく、この辺りを探すしか……！」

あてもなくひとりで探しに行こうとする芽衣子。蕾がどうすべきか迷っていると、咲人が「一緒に探してきなよ、蕾ちゃん」と声をかけてくれた。

「心配なら行っておいで。店番は俺に任せて」

「で、でも」

「こっちは気にしなくていいから。どうせそろそろ、父さんも戻ってくるだろうし」

戸惑いつつも咲人の言葉に促され、蕾も芽衣子の後に続こうとしたら、そこでちょうど葉介が帰ってきた。

「……どうした？　なにかあったか」

葉介は必死な様相の芽衣子に目を留め、只事ではない雰囲気に眉を顰《しか》める。

蕾は手短に事情を説明した。黙って聞きおえた葉介は、しばし腕を組んだあと、公民館に行ってみるよう助言する。『ゆめゆめ』に来ていないのなら、この一番近くでアジサイが咲いている場所はそこらしい。

「前に咲人とふたりで、フラワーアレンジメントの展示会に行っていただろ？　あそこだ。公民館のアジサイがやっと開花したとか、花好き親子の母親の方が言っていたからな。その犬が行く可能性はあるぞ」

「ありがとうございます、店長！」

今度こそ芽衣子とふたり、店を出るところで、咲人は傘を渡してくれた。

「今は大丈夫だけど、いつ降りだすかわからないから」

無事に見つけておいでと、エールを傘と共に受け取って、蕾は芽衣子と共に、商店街の中を駆けぬける。

「芽衣子さん、こっちです！　公民館までは、こちらの方が近道です！」

「は、はい！　つ、蕾さん、結構足速いですね……っ、私はもうっ、い、息が……！」

「私は普通ですよ⁉」

むしろ蕾は平均よりちょい遅いくらいだ。

足が亀並みに遅く、体力がびっくりするほどない芽衣子は、すでに肩で息をしはじめている。足にまとわりつくような茶色のロングスカートは、走りにくそうだ。

それでも、重苦しく広がる曇天の下を、芽衣子は辛うじて蕾と並んで必死に駆けていた。

雨のにおいに負けじと、香ばしい焼きたての匂いを漂わせるパン屋の前を通り過ぎながら、蕾はモモに咲く花のことを考える。

モモのアジサイへの執着。それはきっと。

「あのっ、ですね！　蕾さん！　私、わかったんです、モモのことっ！」

「め、芽衣子さん……走りながら喋るのはやめた方が……」

「いいえ、今言っておきたいんですっ。き、聞いてください……！」

額に汗を浮かべ、眼鏡を息で白くしながらも、芽衣子は途切れ途切れに口を動かす。

彼女によると、母親に頼んで、モモを芽衣子宅に預けた親戚と、うまく連絡が取れたそうだ。そして電話で、アジサイとモモに関するひとつの話を聞けたらしい。

「意地になってひとりでなんとかしようとせず、もっと早くに頼めばよかったんですっ。桃果ちゃんのお母さんと話して、全部わかりました！」

自転車に乗った学生が通り過ぎ、全力疾走する女ふたりに怪訝な目を向けてきたが、蕾はかまわず、芽衣子の話に耳を傾けた。


ここから三駅ほど離れた街に、桃果とモモ、その家族がかつて住んでいた家がある。今は売りに出されているその家の庭には、毎年この季節になると、鮮やかなピンクのアジサイが咲いていた。

アジサイの色は、日本だと青系統が多い。だけど意図的に、桃果の家のアジサイはピンクに咲くように調整してあった。

アジサイの花の色は土によって変わり、酸性の土だと青く、アルカリ性の土だと赤系統になる話は有名だ。これはアジサイに含まれる、アントシアニンという色素が要因している。土の中にあるアルミニウムとその色素が結合すると、花は青くなる。逆に、色素がアルミニウムとくっつかないと、花はピンクになるのである。

アルミニウムは酸性の土によく溶け、アルカリ性の土では溶けない。日本のアジサイに青系統が多い理由は、雨の多い国であるからだ。二酸化炭素が含まれる雨の影響で、日本の土壌の多くがアルミニウムの溶けやすい弱酸性になる。

そのため、ピンクのアジサイを綺麗に咲かせたいときは、石灰を混ぜたり専用の肥料を使ったりなどして、土から弄る必要がある。

とはいうものの、アジサイの別名は『七変化』。

ネガティブな方の花言葉が『移り気』であることからも、アジサイの色は乙女心と秋の空並みに節操なく変化する。望む色に咲かすのは至難の業だ。

しかし、桃果の家では、うまくモモの背中にも咲いている、愛らしいピンクのアジサイを開花させることに成功していた。

桃果は少し内気な子供で、学校で友達がなかなかできなかった。そんな娘を心配して、動物と触れあえばいい方向に変わるかも……と、親がペットショップに桃果を連れて行った。

そこで桃果はモモと出会ったのだ。

桃果はモモが新しい家族になった記念に、自分の一番好きな花であるアジサイを、親と一緒に植えた。ピンクにしたのは、自分の名前が『桃』だからだ。

「このピンクのアジサイは、私とモモの花だよ！」

そう言って笑いかけた桃果に、モモも「わん！」と元気よく返事をした。

毎年咲くピンクのアジサイを、桃果と共に眺めその周りを駆け回るのは、モモにとって、大切な主人との思い出だった。

ずっと一緒にいられるものだと、お互いが思っていた。

だけど、訪れてしまった桃果とモモが別れる日。

まだ梅雨は遠く、春色に彩られた庭で、桃果は最後までモモを抱きしめて離さなかった。困った顔の両親に肩を叩かれて、桃果はボロボロと泣きながら、ようやくそのふわふわの体から丸い指先を引いた。

そして嗚咽をあげながら言ったのだ。「アジサイが咲く頃には、きっとまた会えるよ。必ず迎えにいくから」と。


走る速度を緩めず角を曲がる。結局つけたまま出てきてしまった、蕾のピンクのエプロンが風に翻《ひるがえ》る。

ひと通り話しおえた芽衣子は、ぐっと唇を噛んだ。

「もちろん、迎えにいくなんて無理ですっ。引っ越し先は遠いところで、簡単に会いに来れる距離ではありません！」

桃果がした約束は、彼女が幼い故に現実を受け入れず、願望をアジサイに託して口にしたに過ぎない。

叶わない約束だ。

「それにっ！」と芽衣子は声を絞り出す。

「最初の頃はっ、桃果ちゃんも『モモを迎えに行く！』と、ずっと駄々をこねていたらしいですが……っ」

「……今はちがうんですか？」

「はい！　転校先で新しく友達ができて、桃果ちゃんはもう、モモの名前を口にすることはなくなったそうですっ。桃果ちゃんのお母さんが、そう電話で言っていました！」

くすんだクリーム色の建物が見え、ようやくあと少しで、目的地の公民館に辿り着く。

足は緩めず、芽衣子の口も止まらない。

「蕾さんは、そんな桃果ちゃんを薄情だと思いますか？」

問いに蕾が答えを返す前に、芽衣子は髪を肌に張りつけて、首を横に振る。

「私は、思いませんっ。桃果ちゃんは、ちょっと大人になってしまっただけだと思うんです！」

「そう……ですね。私もそう思います」

桃果だってけっして、モモのことを忘れたわけではないはずだ。

でも、アジサイが咲く場所で色を変えるように、人だって状況や環境が変われば、それに合わせて変化していかなくてはいけない。大切だった家族を置いて、新しい場で生活するために心が移った桃果を、誰も責めたりなどできないだろう。

でもそれは、言うならば人間側の都合だ。

「桃果ちゃんが変わっても、モモは変わっていません。きっと、きっとモモはまだ、桃果ちゃんとした約束を信じているんです！」

やっぱりそうか、と蕾は内心で納得する。

蕾が立てた予想はおおむね当たっていた。

あのモモの背に咲くピンクのアジサイは、桃果とモモの思い出の花だ。そしてモモがアジサイを求めて走るのは、同時にアジサイが約束の花でもあるからだ。

アジサイが咲けば、桃果が帰ってくる。

だからモモは、アジサイのもとへ行く。そこに桃果がいるかもしれないと信じているからだ。

「ああ！　いました！　あの黄色い塊がモモです！」

平たい屋根の下で、閉じられたガラス張りのドアには、いくつも年間行事の予定表や『フラワーアレンジメント教室・生徒募集』といった貼り紙がされている。

そんな公民館の入り口から少し視線をずらせば、アジサイの咲く花壇の前に、置物のように微動だにせず、お座りをしているモモがいた。

泥に汚れたリードがチラリと見える。相変わらず黄色いレインコートを着せられ、その背にはピンクのアジサイが咲いていた。

公民館に咲くアジサイは、すべて青みがかった紫のものだ。その前で、ポツンとひとつだけ咲いている桃色は浮いていて、寂しそうに蕾の目には映った。

いつの間にか、力を振りしぼった芽衣子は蕾を追いぬき、モモのそばへと走り寄る。

「はあっ……帰りましょう、モモ。ここにいても……桃果ちゃんは来ません」

ピクリと尻尾を揺らしただけで、モモはアジサイに視線を固定させたまま、芽衣子の方を振り向きもしない。

「モモ、聞いてください」

芽衣子は息を整えて、モモからは少し離れたところにしゃがみ込んだ。長いスカートの裾が地面に触れ、土で汚れるが、今の彼女は気にも留めない。

「私はもっと、いい飼い主になれるように頑張ります。推理小説を一冊読む代わりに、犬の育て方の本を読みます。録りためたサスペンスドラマを一気見する時間を減らして、モモと遊びます。晴れた日は外で、雨の日は中で、ふたりで過ごしましょう」

ゆっくりゆっくり、芽衣子はモモに語りかける。

「……私は桃果ちゃんの代わりにはなれないけど、引っ越しの予定はないです。たぶん嫁入りも遅いので、むしろできそうにもないので、あなたを置いて行ったりもしません」

万が一できても、モモは連れて行きます、と、芽衣子は力を込めて言いきる。

思いつくままに話しているのだろう、若干ズレた物言いをする芽衣子の言葉を、蕾は後ろから聞いていた。モモは動かない。だけどその丸い耳にも、彼女の声は届いているはずだ。

ポツリポツリと、濁った空から小雨が降りだす。

蕾はそっと、咲人から受け取った傘を開いた。それを芽衣子に手渡し、自分はひとりと一匹の間を阻害しないよう、黙って軒下に移動する。

芽衣子は自分の背中が濡れるのもおかまいなしで、手にした傘を前方に傾け、モモが入れるスペースをつくった。

「私はどこにも行きません。あなたのそばにいますよ」

あくまで、モモから来てくれるのを待つつもりの芽衣子の服は、点々と水玉模様を広げていく。モモが微《かす》かに身じろいだ。

雨が地面や傘を打つ。水滴が葉の中に溜まっていく。

「だから……私の家に一緒に帰りましょう」

モモ、と名前を呼んだその声は、雨音の中でも明瞭に、強くしっかりと響いた。

一拍置いて、やっとモモはくるりと、背中のアジサイを反転させる。

泥のついた前足を一歩一歩動かし、そのたびに濡れた地面に肉球の判子がつく様子を、芽衣子はふにゃりと頬を緩めて見守る。

そしてモモは小さく「わん」と鳴いて、芽衣子の傘の中へと入った。

傘の下で咲くピンクのアジサイが、心なしか先程よりも優しい色を帯びているように感じ、蕾もホッと息をつく。

「もう、勝手に走りださないでくださいね」

そう笑って、芽衣子が片手でモモの頭を撫でれば、モモはただただ、おとなしくそれを受け入れた。

雨雲が薄れて、陽の光が顔を出す。そろそろ梅雨も明けそうだ。空気が蒸し暑く、少しだけ夏の気配を感じる。

そんな中、花屋『ゆめゆめ』を三度訪れた芽衣子は、その手に手土産を携えていた。

「蕾さん。これ、約束の品です。うちの書店に貼ってあった、『ダンデライオンと君と恋と』の販促用書下ろしポスターです。店長に内緒で持ってきた非売品なので、大事にしてくださいね」

「え!?　本当に持ってきてくれたんですか!?」

手渡された紙袋の中には、蕾にとってはお宝同然のものが入っていた。蕾は嬉々としてそれを受け取る。

あの日、モモを公民館へ迎えに行った帰り道。

眠ってしまったモモを腕に抱く芽衣子に傘をさしかけながら、蕾は好きな漫画の話で盛りあがった。そして成り行きで、「お礼がしたい」という芽衣子から、件のポスターを譲り受けることになったのである。

「うわー嬉しいです！　部屋に飾ります！　ありがとうございます、芽衣子さん！」

「いえ、蕾さんにはいろいろとお世話になりましたから。……蕾さんが、モモはアジサイに、特別な想い入れがあるんじゃないかと、そう言ってくれたおかげです。その言葉がなかったら、問題は解決しないままで、今でもモモは、ずっと桃果ちゃんを探し続けていたと思います」

芽衣子は「こちらこそ、本当にありがとうございました」と、深々と頭を下げる。

あれ以来、モモはアジサイを求めて走りだすことはなくなったらしい。あのときに、芽衣子が言った「勝手に走りださないでくださいね」という言葉を、律儀に守っているのだろうか。

花の前で立ち止まることはあれど、芽衣子が「モモ」と名を呼べば、それに答えるようにひと鳴きして、すぐに共に歩きだしてくれるそうだ。

ひとまずこれでもう、『アジサイ太郎』の名は返上である。

今日も芽衣子はモモと共に来たようで、蕾は店先でモモの背中を見た。そこにはまだ、モモと桃果の思い出の花である、ピンクのアジサイは咲いたままだったが……それもいつか、同じアジサイでも、違う色のものが咲くかもしれない。

芽衣子は自分の家にもアジサイを植えたらしい。色はピンクでも青でもない、白にしたそうだ。白いアジサイは、もともとアントシアニン色素を持っておらず、土壌に関係なく白く咲く。

それは通常のアジサイの七色の『変化』とはまたちがう『不変』を表しているようで、芽衣子からモモへの「私は変わらずそばにいます」という、メッセージのようにも蕾は感じた。

ちなみに、白いアジサイの花言葉は『寛容』で、広く美しい心を指す。芽衣子もそれに感化されてか、ずいぶんと性格も大らかになった。

「私もこれを機に、もう少し前向きになってみます。モモを一緒に可愛がってくれる、イケメン彼氏をゲットしてみせますよ！　ミステリー好きなら、なおよし！」

そう言って、最初に店に来たときとはまったくちがう、明るい表情で拳を握った。

今の芽衣子は眼鏡をやめてコンタクトにし、長い髪もショートボブになっている。服も流行りのものだ。蕾の見立てどおり、そうすると芽衣子はなかなかの美人さんだった。これなら彼氏ゲットも近いのではないだろうか。

このあたりは、まさにアジサイの七変化を体現している。

「素敵になりましたよね、芽衣子さん。ショート、似合っています。眼鏡もやめたんですね」

「はい。勇気を出して街のお洒落な服屋に入ってみたら、チャラい店員のお兄さんに、いろいろアドバイスをもらいまして。金髪で背が高くてピアスもジャラジャラで、普段なら絶対話しかけないような人でしたが、親切に教えてくれたので、そのまま実行してみました」

「頑張ったんですね。いいと思いますよ、今の方が断然！」

「あの眼鏡だけは、わりと気に入っていたんですけどね……」

その眼鏡が一番浮いていたとは、蕾は言わないでおく。

「最近は、推理小説と犬の育成本の間に、ファッション雑誌も読んでいるところです。犬の育成といえば、モモが昨日……」

まだまだ雑談を続けようとしたところで、「わん！」と、店頭で待っていたモモが、芽衣子を呼ぶ声がした。ドアの方を振り向き、芽衣子は嬉しそうに返事をする。

た。

「今行きますよ、モモ」

そして再度頭を下げてから、短くなった髪を靡かせて、芽衣子は『ゆめゆめ』から出て行った。

きっと来年あたりには、白いアジサイが芽衣子の家の庭にも、モモの背中にも新しく咲いているだろう。いや、あの様子ならもしかしたら芽衣子にも咲くかもしれない。

それを想像して蕾も微笑み、雨上がりの空を一緒に歩く、ひとりと一匹を見送った。

アイドルとサボテン

　陽が沈み、ひとつ屋根の下に家族全員が揃った木尾家。

　七月に入って気温が急激に上がり、リビングのクーラーはすでに解禁されている。そよそよと人工の風にそよがれながら、夕食後にまったりテレビを見ていた蕾に、兄である幹也は、ソファに寝ころがりながら声をかけた。

「なあ、蕾」

「んー、なに、お兄ちゃん？」

「俺さ、明日、お前の花屋に行くから」

「え……来ないで」

「なんでだよ⁉」

　まさかの拒絶に、腹に乗せていた漫画を摑み、幹也は飛び起きる。

「バイト先に身内が来るなんて嫌だよ！　ピンクのエプロンとか着て仕事しているんだよ⁉　普通に見られたくない！」

「はあ？　そんな理由で兄の来店を拒むのか！」

「拒むよ！　来ないでよ！　絶対に来ちゃダメだからね！」

「いや、行く。絶対に行く。そんで家族割引で、格安で花を買ってやるからな！」

「うちにそんなサービスないから！」

キャンキャンと子犬同士の喧嘩の如く、うるさく口論を始めた兄妹に、母親から「テレビの音が聞こえんわ！」と鉄拳制裁が飛んできたのは言うまでもない。

「で、本当になんで来るかな、お兄ちゃん」

「妹の嫌がることは率先してやる。それが兄の美学だ」

シレッとしてそんな発言をする幹也を、蕾は半目で睨む。

一度染め直したがまたプリンになった髪をキャップで隠し、七分袖のTシャツを着て『ゆめゆめ』にやってきた幹也は、物珍しそうに飾られた切り花を眺めている。

蕾としてはもうすでに追い返したいが、店内に足を踏み入れてしまえば、身内であろうと客は客だ。それなりの対応をしなくてはいけない。

唯一の救いは、葉介も咲人も出はらっていて不在なことか。

バイト先の人に実の兄を紹介するのは、気恥ずかしさがあり避けたかったので、蕾としてはありがたかった。

なお、葉介はいつもどおり配達、咲人は大学の講義が長引いてしまっているらしい。

「……とにかく咲人さんたちが来る前に、なんとかお兄ちゃんにお帰りいただかないと」

「ん？　おまえ今、『咲人』って言ったか？」

ピクリと幹也が、眉を跳ねさせ反応を示す。

そういえば兄は、咲人と同じ大学に通っていることを、蕾はふと思い出した。以前の咲人の面接で、大学名を聞いて驚いたものだ。

ところが学部はちがうし、咲人は幹也のことは名も知らなかった。一般モブな幹也(ステータス：マニアックなオタク）に比べ、イケメンでモテる咲人（ステータス：王子）は大学でも有名そうだし、一方的に幹也が咲人の名前に反応しただけだろうか。

「咲人って、『夢路咲人』か？」

「そうだよ。ここは咲人さんとお父さんがやっている店だよ」

「嘘だろ……！　まさか奴の⁉」

幹也が大袈裟にわななく様子に、蕾はいよいよ怪訝な顔をする。

そこへタイミングがいいのか悪いのか、「遅れてごめん、蕾ちゃん。店番ひとりでありがとう」と、咲人が急ぎ足でも普段と変わらぬ、爽やかな登場の仕方で現れてしまった。

「あ、お客様がいらっしゃっていたんだね。どうぞごゆっくりご覧ください」

「なにを抜け抜けと……！　相も変わらず、女を誑《たぶら》かす無駄にキラキラした顔しやがって！」

「はい？」

瞬時に営業モードに切り替えた咲人に、出会い頭に噛みつく幹也。

さすがの咲人も、きょとんと眼を丸くしている。

蕾は慌ててカウンターから飛び出し、兄のおかしな言動を止めるべく、彼の服の袖を引いた。

「もう、なんなのお兄ちゃん！　咲人さんに変な態度取らないで！　お世話になっている先輩なんだから！」

「はあ？　なにを懐柔されているんだ、お前は！　お前もコイツの毒牙にかかったのか！」

「いやもう本気でなに言っているのかわからない！」

幹也の暴走は留まるところを知らない。挙げ句の果てには、「こんな奴の根城《ねじろ》でバイトなんて認めん！　早く辞めろ！」などと言いだす始末だ。

もちろん、蕾は辞める気など毛頭ない。せっかくスパイラルテクニックも上達して、花束もつくれるようになった。接客もぎこちなさが消え、花の扱いにも慣れてきた。そして箸にも棒にもかからなかった己の能力を、ここでならやっと少し活かせているのだ。

なぜアホな兄の言うことを聞いて、辞めねばならない。

「辞表出せ、辞表！」

「バイトに辞表なんていているわけないじゃん！　その前に辞めないし！　いい加減にしないと強制的にお帰りいただくよ⁉」

「お前は兄への敬意が足りん！」

「お兄ちゃんに敬意なんて端《はな》からないよ！」

「……あの、蕾ちゃんのお兄さん」

勃発した兄妹喧嘩の間に、やんわり割って入ってきたのは、サッといつの間にかエプロンを身につけた咲人だ。

一気に頭が冷えてつい言い返してヒートアップしたことに後悔する。運よく他に客がいないとはいえ、店でとんだ失態だ。しかもそれを咲人に見られたなど、穴があったら入りたい。

「うちは今、蕾ちゃんに辞められたら困ります。蕾ちゃんはいつも頑張ってくれている、『ゆめゆめ』の大事なメンバーなので」

「咲人さん……」

気分を害したふうもなく、そんなことを堂々と言ってくれる咲人に、蕾はじんわりと胸が温かくなる。店に必要としてもらえることも、咲人に認められたことも嬉しかった。

だが感極まる蕾とは逆に、幹也は苦虫を噛み潰したような顔になる。いったい、彼と咲人になにがあったのか。ここにきてやっと、蕾はそれを尋ねてみた。

「なにがだと？　コイツのせいで、俺はっ、俺は……っ！」

蕾と目元がよく似た面差しを歪ませ、震える手で咲人の方を指差しながら、幹也は悲痛な叫びをあげる。

「コイツのせいでっ、初めてできた彼女にフラれたんだっ！」

「え」と、蕾と咲人は揃って虚をつかれた顔をする。

次いで兄の発言を噛み砕き、蕾はゆっくりと脳を回転させた。

幹也の頭に咲いていたパンジーが消えたとき、つまり初めての彼女にフラれたとき、破局の原因は、彼女に〝別の本命〟がいたからだと語った。その本命は、〝大学一のモテ男くん〟であると。

よく考えれば、咲人と幹也は同じ大学。咲人なら、大学で一番のイケメン様の称号をもらっていてもなんら不思議ではない。

それに加え、咲人の幼馴染みである草太からの話。

「他に付き合っている男がいたのに、咲人にひと目惚れし、猛烈アタックをしていた女子がいた」と。

その女子が幹也の元カノで、「他に付き合っている男」がまさかの実の兄だった……といったところか。

その事実に行きあたり、蕾は同情に塗《まみ》れた瞳を幹也に向けることしかできなかった。

相手が咲人では仕方ない。なんかもういろいろ仕方ない。

当の咲人はなんのことかわからず、「俺は大学に入ってから彼女はできていないし、お兄さんとは初対面のはずなんだけど……」と困った表情をしている。

咲人にはいっさい罪はない。それでも、八つ当たりとわかっていても、幹也も嘆かずにはいられないのだろう。「畜生！　イケメン滅べ！」と半泣きで本気の呪詛《じゅそ》の言葉を吐いている。

「お、お兄ちゃん。わかったよ、もうわかったから。つ、冷たいことばっかり言ってごめんね。花を買いに来たんだよねっ？　ほら、いいのを一緒に探してあげるから！」

「つぼみぃ……」

　このままでは、幹也は床の上に座り込んでここでいじけかねない。情けないが、なんだかんだ憎めない兄である。蕾は話題転換をして気持ちを切り替えさせることにした。

「ごめんね、蕾ちゃん。なんか俺が、お兄さんに知らないところで悪いことしちゃったみたいで……」

　申し訳なさそうに眉を下げる咲人に、蕾は気にしないでくださいと首を振った。むしろすみませんうちの兄が、という心境だ。

　そうして車を店の裏に停め、配達から帰ってきた葉介を見て、幹也が「ひい、極道⁉」とビビるなどの追加のいざこざもひと通り終え……。

　それからようやく、蕾は兄の花を買いに来た理由を聞いたのだった。

「……アイドルの握手会？」

「そうだ！　ここのご当地アイドル『ハナハナ☆プリンセス』の握手会が隣町であるんだよ！」

　幹也の目がキラキラと輝く。

　蕾は店の隅っこで、幹也からコソコソと事情を聞きだしていた。チラホラ訪れだしたお客さんの対応は、咲人にバトンタッチしてある。

「お前も一回、一緒にライブを見に行ったことがあるだろ？」

「ああ、あの無理やり連れて行かれた……」

せっかくの一日フリーな休日だったのに、連れが急に行けなくなったとかで、強引にライブハウスに引っ張って行かれたことは記憶に新しい。

ライブなど初めてだった蕾は、戸惑いながらもそこそこ楽しめたが、兄の熱すぎる声援にはついていけなかった。

「今回はプレゼントも受け付けるってことで、俺の推しメンバー、マリリンちゃんに、手紙と一緒に花を贈りたいんだ。そのために買いに来たんだよ！」

好きな話題のためか、幹也は水を得た魚のように語る。失恋で二次元に回帰したかと思えば、今度は二・五次元に走った兄に、蕾はやれやれと息をついた。

「候補としては、マリリンの名前から取って、マリーゴールドとかアリじゃね？　いや、それくらいしか碌《ろく》に花の名前なんて知らないだけだけど。あとはメジャーなのしかわからん」

「たしかにマリーゴールドはうちにもあってちょうど開花時期だし、花自体は私も好きだけど……」

蕾は、店内に設置されている、アイアン調のフラワースタンドにチラリと視線をやる。

わざと少し錆びた加工が施され、優美な曲線を描く、三段になっている階段状のスタンドだ。一段ごとに、羽ばたく鳥のモチーフが取り入れてある。

香織コレクションのひとつであるそのスタンドには、二段目にオレンジのマリーゴールドが置かれ、溌剌《はつらつ》とした美しい花を開かせている。

マリーゴールドは開花期間が長く、栽培も簡単な上に単体でも十分なボリュームがあるため、非常に華やかで扱いやすい花だ。根には害虫を防ぐ効果もあり、寄せ植えなどにも人気が高い。

ヨーロッパでは聖母マリアの祝日に咲くことから、『マリアの黄金の花』とも称されている。

そんなマリーゴールドの花言葉は、『健康』や『可憐な愛情』など、いい意味もあるのだが……『嫉妬』『悲哀』『絶望』という、なにやら仄暗いものも存在する。

ドイツのとある伝説では、太陽に恋い焦がれた少女が、寝食も忘れて太陽を眺めるだけの日々を送り、ついには衰弱して死んでしまったという話まである。やがて少女の肉体は太陽に呑まれ消滅し、その跡にはマリーゴールドの花が一輪、ポツリと咲いていたとか。

「マジか……紫外線怖いな」

それを聞いた兄は顔をしかめる。

「UV対策は大事だね……そんなわけで、マリーゴールドは家の花壇とかにはおすすめだけど、ちょっと贈り物には不向きかも」

「なるほどなあ。花にもギャルゲーの選択肢並みにいろいろあるんだな。お前も詳しいじゃん。花屋の店員として、しっかりやっているんだな」

培った知識を披露した蕾に、幹也は感心した素振りを見せる。「さっきは辞めろとか言って悪かったな」とあっさり謝られ、蕾は拍子抜けしつつも、照れくさい気持ちになった。

兄に褒められることは、珍しい。

「でも、じゃあどうするよ？　俺の候補、これで終わりだぜ？」

「お兄ちゃんの候補少なっ。……マリリンさんのイメージに合う花とかでもいいと思うよ？」

「イメージなあ」

幹也は肩にかけたリュックの中から、アニメキャラの描かれた手帳を取り出す。挟まれていたのは、まさかのマリリンの生写真である。

まだ本格的な夏にはいささか早いが、水着姿の小柄な少女が、青空の下で明るく笑っている。屈託のない様子は、完全なアイドルスマイルとはちがう純粋さがあって、蕾が見ても可愛さのわかる、いい写真だった。

「この天使のイメージに合う花を頼む」

「ええー……」

「お前も一回、生で見たことあるだろ！　思い出せ、マリリンの天使っぷりを！　そして彼女に似合う、おまけに彼女がもらって喜びそうな、そんな素敵な花を選んでくれ！」

無茶ぶりをする兄から写真を受け取り、蕾はじっと眺める。

この写真の向こうの彼女に、なにか想い入れのある花が咲いていれば話は早いのだが。

実は、蕾の〝体に咲く花が見える〟という能力は、カメラやビデオといった電子媒体を通すと発揮されない。直接その人と会って肉眼で見なければ、花は蕾の目に映らないのである。

　でもライブに行ったとき、たしかこのマリリンさんにもなにか咲いていた気も……と、蕾は必死に記憶を辿る。先ほど褒められたことで、兄に協力したいという気持ちが増したのだから、自分も結構単純だ。

　あのときは最前列だったので、顔はよく見えた。写真をつぶさに観察していると、あと少しで思い出せそうな気がする。咲いていたのは、わりと珍しい植物で、驚いたような覚えもある。

　そして蕾は、ピースサインをつくる彼女の側頭部に目を留め、「あ」と声をあげた。

「なんだ？　なんか閃いたか⁉」

「う、うん……ただ花っていうかなんていうか……でも、これがプレゼントするには一番いいかも」

　蕾は写真を幹也に返し、壁際の古めかしい木製の棚から〝それ〟を選ぶ。

　おずおずと見せると、兄は「は？」と呆けた顔を晒した。

　蕾が幹也に差し出したもの。それは、英字の描かれたお洒落なリメイク缶に入った、小さなサボテンだった。

「サボテン……って、花じゃねーじゃん！」

「いや、たしかに多肉植物だけど！　サボテンにも花が咲くんだよ！」

　蕾がライブで見た光景は、ステージで歌う女の子たちのうちのひとりの側頭部に、サボテンが生えているというものだ。

遠目のため、最初は変わったお団子ヘアだなと思ったが、よく見ると棘のついた丸いミニサボテンだったのである。

「へえ、花なんか咲くんだ」

「サボテンは基本的に育てやすいし、水やりの頻度も少なくていいから、忙しい人への贈り物には向いているよ」

「忙しい人……たしかにマリリンは忙しいな。トップアイドルの卵だし」

「ただその分、いざ水をやるときは加減が難しくて、難易度は種類にもよるけどね。こうやって、可愛い缶に入れると女の子は喜ぶし、インテリアとしても人気は高いよ？　オリジナルの缶にメッセージを入れるのもアリだよ！」

手にした缶を掲げ、蕾はプレゼンをする。

サボテンは『サボテン愛好家』なる人もいるほど、ファンの多い植物だ。

なお、『ゆめゆめ』にあったこのサボテンは『ノトカクタス』といい、これは名称ではなく属名である。冬の寒さにも夏の暑さにも強く、サボテンの中でもとくに育てやすいため、初心者にもおすすめだ。

ピンクや黄色の、存在感のあるはっきりとした大きな花が咲くので、開花させる楽しみもある。

「聞いたことない？　『サボテンは愛情を注ぐと花が咲く』って。サボテンの花は咲かせるのは難しいけど、苦労して綺麗な花が咲いたときは、とっても嬉しいと思うよ！」

「いいかもしれないね、可愛いし。最近ではウェディングのちょっとしたギフトとしても人気があって、贈り物には最適だね」

「咲人さん！」

熱弁を揮《ふる》う蕾の後ろから、ひょっこりと顔を出したのは、お客さんの見送りまで済ませた咲人だった。幹也は瞬時に蕾の正面に回り込むと、咲人から隠れるように、「なにをしに来た、このイケメンめ！」と小物臭い威嚇《いかく》をしている。

そんな失礼な幹也の態度もサラリと笑顔で流し、「そのサボテンは長くうちにあるものですので、割引しますよ」とさりげなく商売を仕掛ける咲人に、蕾はあらためて感心した。

ダメだ、うちの兄とは器がちがう。

「少しだけ話が聞こえてきたけど……マリリンさん、でしたっけ？　俺、地元紙にインタビューが載っているのを見たことありますよ。とても努力家で、素敵なコメントをしていましたね」

「わ、わかるか!?　マリリンはとっても努力家なんだよ！」

さすが咲人は、幹也に合わせた話題を引っ張り出す。蕾のピンクのエプロンの陰から、チョロい幹也はすぐに這い出した。

「マリリンはさ、歌もダンスも下手くそでさあ。メンバー内でもうまい方じゃけっしてないんだけど、めっちゃ一生懸命に練習したのがわかるんだよ」

「頑張る女性は素敵ですよね」

「だよな！　インタビューでは、『私にはアイドルとしての才能なんてこれっぽっちもないけど、好きなことを諦めずに頑張れる才能だけはあります！』って言っていて、俺はそれを読んで、その前向きさにスゲー元気をもらったんだ！」

失恋の傷も吹き飛んだぜ！　と語る幹也に、蕾は苦笑する。二次元であれアイドルであれ、兄にとっては元気をくれた大切な存在なのだろう。

不器用だけどひたむきな人を応援したくなる気持ちもわからないではない。

「まあ、あとは単純にタイプなんだけどな！」

「ああ、お兄ちゃん好きだよね……小柄で胸の大きい子……」

サボテンを側頭部に生やした、ライブでの彼女の体型を思い出して、蕾は遠い目をする。

「そんなマリリンさんに贈るのなら、やっぱりサボテンは一押しですね。サボテンの花を咲かす＝努力が実るってことで、頑張り屋さんにはぴったりです」

「おお！」

「サボテンにもちゃんと、『尊敬』や『枯れない愛』という花言葉もありますし、ファンからの応援メッセージとしても使えますね。蕾ちゃんはいいチョイスをしましたよ」

蕾の手からサボテンを受け取り、畳みかけるようにその魅力をアピールする咲人。蕾としても、マリリンにはなにかしら、サボテンに『想い入れ』があるのはわかっていることなので、これ以上の選択はないと思っている。

幹也は悩む素振りも一瞬で、「じゃあそれで！」と即決した。

咲人がギフトラッピングをしている間、コソコソと幹也はまた蕾に耳打ちする。

「なんか思ったよりアイツ、いい奴だな。マリリンの魅力をあそこまで理解するとは」

「咲人さんは最初からいい人だよ」

やっとわかったかと、蕾は呆れたように嘆息する。

「大学で見かけたときは、いろいろ完璧すぎな上にスカしていて、どうにも気に食わなかったが……この花屋にいるときの方が、なんつうか、生き生きしている？　まだ人間味あるわ」

「人間味って……」

「とくに、なんかお前と話しているときが……」

兄がなにかを言いかけたところで、咲人が蕾と幹也を呼んだ。

サボテンを受け取り会計まで済ませ、ようやく幹也が退場してくれそうなことに、蕾は胸を撫でおろす。

「じゃあ、まちがっても握手会までに枯らさないようにね。育て方に困ったらまた聞いて」

「おう、助かるぜ、妹よ。……あ、あと夢路咲人！」

サボテンの入った袋を腕にかけたまま、幹也はふと入り口で足を止め、振り返る。

「なんですか？」

穏やかに応対した咲人に、幹也はキャップの下から真剣な眼差しを飛ばして、重々しく口を開く。

「兄としてひとつだけ言っておく……妹に手ぇ出すなよ！」

「さっさと帰ってお兄ちゃん！」

かっと頬に血が上る。

蕾は近くにあった肥料の袋を投げつけたくなった。

ここが店でなく家ならば、罵声とクッションをセットで飛ばしていたところだ。

嵐が過ぎたあとに、蕾の横に立った咲人は、おかしそうに口元に手を当てる。

「蕾ちゃんのお兄さんは、おもしろくて楽しい人だね」

「ちがいますよ、咲人さん。うちの兄はアホで残念な人ですよ……」

どうして身内の恥とはこうもいたたまれないものなのか。

痛む額を押さえて、蕾は「うー」と唸る。隣の咲人の顔がまともに見られない。

ふと、ある気になることが生まれた。蕾は勇気を出して顔をあげ、咲人の方にチラッと視線をやった。そのままなるべく気安い感じを装って、気になったことを尋ねてみる。

「あの、咲人さん。さっきの兄との会話から、ちょっと、その、好奇心程度に思った質問なんですけど……咲人さんの好きな女の子のタイプって、どんなのですか？」

「ん？　俺のタイプ？」

こんな浮ついたことを聞くのは、妙な意味に取られそうで気が引けたが、気になってしまったものは仕方ない。

蕾は咲人を見あげながら、緊張した面持ちでドキドキと返答を待つ。

咲人はそんな蕾に、胸元の淡い紫の花をふわりと揺らしながら、微笑みと共に答えをくれた。

「そうだね。花が好きな、優しい女の子かな」

「……なんか、すごく咲人さんらしい返答ですね」

「そう？」

幹也のように「小柄で胸の大きい子」なんてアンサーでなくてよかった。そんな言葉が咲人の口から出たら、王子のイメージぶち壊しである。

ある意味、フローラル王子〝らしい〟返答に、蕾も少しだけ安心した。

そしてまた、チリンチリンと来客を告げるベルが鳴り、蕾はようやく仕事に戻ったのであった。


夜が暑く、寝苦しくなってきた。吹く風もしっかり夏の熱を帯びてきたように感じる。

そんな中、握手会で無事に手紙とサボテンを渡した幹也が、イノシシが突進する勢いで蕾の部屋に来襲したのは、来店から一週間ほど経過した頃だった。

「見ろ！　コレ見ろ、蕾！　漫画なんて読んでいる場合じゃないぞ！」

「ノックくらいしてよね、お兄ちゃん！　私は今、『ダンデライオンと君と恋と』の新刊を読むのに忙しい……」

「バカかお前は！　漫画を読む前に空気読め、空気！　この俺の興奮した空気を読め！　もらったんだよ、手紙を！」

「手紙？」

「マリリンから！　この前のサボテンと一緒に渡した、ファンレターの返信だ！」

蕾は「え、嘘、それはすごい」と、漫画をベッドに置いて、凭れていたクッションから起きあがる。ハイテンションで渡された手紙は、水玉模様の爽やかなレターセットに、丸っこい可愛いらしい字が踊っていた。

素早く目を走らせていく。

『木尾カンタさま

いつも応援ありがとうございます。サボテン、とっても嬉しかったです。

実はサボテンは、私がアイドルデビューしたときに、親友がお祝いにくれたもので……。

今でも大事に育てている、私の大好きな植物です。あんなにトゲトゲなのに、頑張ればいつか花が咲く！というのがいいですよね。

親友のくれたサボテンの横に、カンタさんからのプレゼントも並べますね。これからも応援よろしくおねがいします！

ふろむマリリン』

「……本当だ！　すごい！」

読みおえた蕾は、幹也の興奮がうつったように歓声をあげる。

内容はけっして長くはなく、〝幹也〟を読み違えて名前がもう別人だが、それが逆に、ちゃんと本人が書いたものだとわかる。これはファンからしてみれば、お宝モノだ。

現に幹也は、「蕾……俺は、明日死んでも悔いはない」と、感激で全身を打ち震わせている。

「お前がサボテンをすすめてくれたおかげだ！　マジ神選択。マジサンキュー！　あの魔性王子にも癪《しゃく》だが礼を言っといてくれ！」

「これは純粋によかったね、お兄ちゃん。でも……」

服が少しだけ散らかった部屋の真ん中で、小躍りをしそうな幹也の側頭部に瞳を向け、蕾はこっそりとつぶやく。

「お兄ちゃんの頭にサボテンが生えると、タンコブにしか見えないね……」

花火とアサガオ

七月もなかばになると、蟬《せみ》の声が耳につくようになってきた。

のんびり白い雲が泳ぐ青空の下、常と変わらぬハーフアップにした黒髪が靡く。

「どうしようかな、これ……」

今日は早上がりで、まだ明るい時間帯にバイトから帰宅する道すがら。

蕾は手にした二枚の券を、生ぬるく吹く風にそよがせながら、密かに頭を悩ませていた。

券にでかでかと印字された文字は、『花火大会特別観覧席・ペアご招待券』。これは先程蕾が商店街の福引きで当てたものだ。

母の頼みでバイト帰りに商店街で買い物をすると、そのレシートで二回、抽選会でガラガラを回せた。ひとつは外れのティッシュだったが、次で三等を引きあてたのだ。

「三等って本当に微妙だ……一等のオーストラリア旅行はべつにいらないけど、二等の最新型コンポの方が欲しかった……」

癖であるひとり言を漏らし、蕾はふうと息を吐く。

当たっただけでも喜ぶべきなのだろうが、町内の花火大会の特等席に、ペアで招待しちゃいますよー！なんて券をもらっても、扱いに困るだけである。

友人と行くのが無難だろうが、蕾の周りは彼氏と先約がある者が多い。そうでなくても、友人の中からひとりだけ選抜して券を渡すというのも、また難しい話だ。

カスミも新しい彼氏と行くようだし（しかし、すでにそのニュー彼氏にも、重度の昆虫オタクというまた変な一面が垣間見えている）、いっそ兄を誘うか……とも思ったが、奴はその日は、マリリンの単独ライブに参戦すると騒いでいたことを思い出した。

そもそも人混みが苦手な蕾は、花火大会に行くつもりすらなかったのだ。けれど、せっかく券をもらったのだから、行かなくてはもったいない。

脳内で候補を浮かべては消し、ふと最後に思いあたったのは、先程まで一緒に花を売っていた彼だ。

もし咲人を誘ったら、一緒に来てくれるだろうか。

「でも、それっていよいよデートだよね……」

今までの様子から、咲人は現在、お付き合いをしている特定の女性はいないようだし、自分が誘っても問題はないといえばない。

だが、花火大会に男女ふたりきりで参加するなど、なんかもう完全にアレだ。以前にフラワーアレンジメントの展示を見に、公民館へ共に赴いたのとは、比べられないほどの圧倒的デート感。

さすがに誘うのをためらう気持ちと、ちょっとだけ咲人とお祭りに行ってみたい、あと咲人の浴衣姿をあわよくば見てみたいという気持ちがせめぎ合い、蕾は葛藤しながら、ジワリと肌を撫でる日差しの中を進む。

そして住宅街へと入ったところで、蕾はコンクリートの塀の前に蹲《うずくま》る、浴衣姿の五十代くらいの女性を発見した。

「だ、大丈夫ですか⁉」

慌ててチケットを水色のフレアスカートのポケットに仕舞い、蕾は走り寄る。

結いあげた黒髪に、白地に色とりどりのアサガオが咲く浴衣を着た、ぽっちゃりとした体型の女性だ。よくよく見れば、腰あたりにプリントされたアサガオのうちのひとつは、蕾にしか見えない本物のアサガオの花だった。

「ああ、ごめんなさいねえ。大丈夫よ。ちょっと慣れない下駄で足が痛くなったから休んでいただけで、なんともないのよ……って、あらまあ、蕾ちゃん？」

「え、陽菜《ひな》さん？」

女性の俯いていた顔を確かめれば、よく知る人物ではないか。

ふくよかな頬に、つぶらな瞳が愛嬌《あいきょう》たっぷりな彼女は、蕾の行きつけのパン屋を旦那さんと営む、植杉《うえすぎ》陽菜だ。代々続く歴史あるパン屋は、商店街の顔でもある。

陽菜自身は見た目どおり人好きのする性格で、近所の奥様方の中心人物でもあり、ついでに『フローラル王子』の名付け親だ。

「足の痛みとかは……」

「もうだいぶ引いたわ」

いつも人の世話を焼く側の陽菜は、自分が心配されるのはむず痒いものがあるようだ。

すぐに立ちあがって「ほら、元気元気！」とはにかむ。

そのまま方向が同じだったので、蕾は陽菜と並んでコンクリートの地面を歩みだした。まだ歩きにくそうな陽菜に合わせて、なるべくゆっくりとした歩調で。

「それにしても、素敵な浴衣ですね。アサガオが可愛くて……」

「おばさんには合わないでしょ？　千種ちゃんのお母さんくらい、まだお若い方だったら着こなせたんだけどねえ」

「いえいえ、陽菜さんによく似合っていますよ！　今日はどっかでお祭りでもありましたっけ？」

「やあねえ、お世辞がうまいわ！　お祭りはまだ先よ。この浴衣は、家を出てデザイナーをしている娘が、つくって贈ってくれたの。着る機会を逃したら嫌だから、ちょっと袖を通して歩いてみただけ」

陽菜は白い袖を持ちあげて、コロコロと笑う。

その快活さは、さすが老舗を切り盛りしてきただけある。模様に紛れ腰元に咲く、蕾の目にだけ映る水色のアサガオも、陽の元で元気に色づいている。

伸びたツルは、上品な紫の帯の上にしっかりと巻きつき、自然の帯飾りと化していた。

「娘さんがつくったなんてすごいですね」

「器用よねえ」

植杉家には息子がふたり、娘がひとりいるが、娘さんがデザイナーだということを、蕾はたった今知った。

「本当に、アサガオが綺麗です」

蕾がさしているのは、模様と体に咲く花のふたつの意味だが、後者は陽菜には伝わらない。陽菜はアサガオ柄を褒められたことに喜び、「実はアサガオには、私と娘と、あとうちの旦那のちょっとしたエピソードがあるのよ」と内緒話をするように声を潜めた。

「娘がまだ小学生の頃ね。夏休みに蕾ちゃんもやらなかった？　『アサガオの観察日記』」

「ありましたね、そういうの」

アサガオは夏の風物詩でもあり、種からも苗からも育てやすく、夏休みの小学生の課題には打ってつけだ。また朝に花を咲かせるので、休み期間で朝寝坊しがちな子供を、花を見るために叩き起こすという意味もあるのかもしれない。

ちなみに種は有毒だが薬にもなる。また名の由来は「朝の美人の顔」からきている。

「でしょう？　昔、娘は一生懸命に育てていたんだけどね。うちの旦那が誤って除草剤をかけて枯らしたことがあるの」

「なんてこと……！」

「娘はもうカンカンでね。『お父さんなんて大嫌い！』って泣きわめいて大変だったわ。旦那も大ダメージよ」

陽菜の旦那さんは腕のいいパン職人だが、基本的に愛想に乏しく、いかにも『不器用な男』といった感じの人物だ。

それでも娘に大嫌いと言われ、日記に『お父さんが枯らしました』とか書かれて先生に提出されたら、あの鉄仮面のような顔も歪むだろう。

「あの人もさすがに反省してねえ。それ以来、毎年アサガオを種から丁寧に育てているの。娘が家を出たあとも、罪滅ぼしは継続中よ」

「おっかしいでしょ」と、陽菜は軽快な笑い声を、下駄の音と共に響かせる。

旦那さんはパンをつくるのと同じくらい、アサガオの鉢植え作りは手慣れたものらしい。アサガオの鉢植えは小学生がつくる鉢植えを思い浮かべるとわかるように、支柱としてプラスチックなどで輪をつくり、そこにツルを絡ませて花を咲かす方法『行灯《あんどん》作り』が主流なのだが、彼はそれを竹で手作りしてしまうという。

最近では、ネットにツルを絡ませ、植物で日光を遮る『グリーンカーテン』をアサガオで作るべく研究を重ねているそうだ。グリーンカーテンが成功すれば自然の遮光・冷却効果で、エアコンの使用も控えられ、省エネにもなるから楽しみにしているのよ、と陽菜は笑う。

「でも元来が不器用な人だから、最初は育てるのも下手でねえ……家の前を通りかかった、香織さんと咲人くんに、手解《てほど》きを受けていたこともあったわね」

「香織さんと、咲人さん？」

突然出た名前に、蕾は足を止めてドキリとした。先程まで、脳内を占めていた名前だからだ。

「ああ、ごめんね！　蕾ちゃんは香織さんのことは知らないわよね」

陽菜の方は、蕾が香織のことがわからず、疑問を持ったのだと思ったようだ。

ニャアと鳴き声をあげて、猫が塀の上をトトッと駆けていく。

「いえ、知っていますよ。咲人さんのお母さんですよね」

「そうそう。本当に目が覚めるくらいの別嬪さんで、おまけに親切ないい人でねえ。咲人くんは香織さんに似て、イケメンで優しい子に育ってよかったわ」

「やっぱり、咲人さんは完璧にお母さん似なんですね」

「そうよお。葉介さんに似たら、王子なんてあだ名つけられないもの。魔王よ、魔王」

「あはは……」

どうやら葉介の不本意なあだ名の発信元も、彼女のようだ。

夢路家と陽菜の付き合いは長いようで、小さな瞳に懐かしさが灯る。

「まだまだ私も若くて、今よりスレンダーだった頃よ？　うちのイートインスペースで、葉介さんと香織さんが、新しく立ちあげる花屋について、意見を交わしているのも見たことがあるわ」

「あそこでおふたりが……」

陽菜のパン屋には、店奥に簡素な椅子とテーブルの置かれた、ちょっとしたイートインスペースがある。できたてのパンとコーヒーなどが楽しめる場所だ。蕾は高校時代、そこでたまに好物のハニーパンを食べながら、宿題などを片付けていた。なお、ハニーパンはお店の看板商品、蜂蜜の風味が口の中で甘く蕩《とろ》ける、女性に大人気のパンである。

「仲のいい夫婦だったのよ。最初は、香織さんが借金のかたに売られたんじゃないかなんて、噂もあったけど」

「店長の顔のせいですね……」

「……ただ、香織さんがご病気になられて。入退院を繰り返していたみたいで、お店で顔を見ることもだんだん減っていって……昨年の秋頃に、亡くなられてしまったわ」

カラコロと鳴る下駄の音に、微かな切なさが混じる。

昨年といえば、蕾が自転車で突っ込んだのもその年だ。あのときはたしか、着ていた制服が半袖だったから、夏だったと思う。ということは、あのときはまだ香織は健在で、そのあとほどなくして他界したということだったのか。

「香織さんが亡くなったときは、当然だけど、葉介さんも咲人くんも気落ちしてね。店を閉めちゃうんじゃないかと、商店街中の人が心配していたんだけど。ちゃんと『ゆめゆめ』がまた開いて嬉しかったわ」

陽菜の丸い瞳が蕾に向く。「今は蕾ちゃんっていう、頼りになるバイトさんもいるものね」と微笑みかけられ、蕾は照れが先行して首を激しく横に振った。

葉介と咲人が立ち直って、『ゆめゆめ』をなんとか続けようとしてくれてよかった。そこでお店を辞めていたら、きっと葉介に出会うことも、常連さんたちと仲良くなることも、咲人と花について楽しく語らうことも永遠になかっただろう。

「ああ、ようやく着いたわ」

徒然と会話をしている間に、パン屋ではなく陽菜の家の方に先に到着した。純和風な家屋で、黒いタイルの表札には家族の名前が書かれている。

門をくぐった先の玄関の前には、タイミングよくアサガオの鉢植えを持った、陽菜の旦那、植杉大樹《だいき》がいた。彼の腰元にも、陽菜とは色ちがいの赤いアサガオが咲いていて思わず蕾は微笑んでしまう。

そして慌てて頭を下げれば、彼は固く引き結んだ口を開くことなく、軽く頷きを見せて庭の奥へと消えた。

すかさず陽菜は「あーもう、愛想のない人でごめんねえ、蕾ちゃん！」とフォローを入れた。

「本っ当に無口で無愛想で、パンをつくるかアサガオ育てるかしかできない人で！」

「い、いえ、気にしていませんので……」

「あの調子だから、娘が贈ってくれた男性用の浴衣も、嬉しいくせに素直に着ようとしないのよ！　花火大会に着て行きましょうって誘っても、『人の多いとこで花火なんて楽しめん』とか意地張って。好意を真っ直ぐに受け取れないのよね」

やれやれと嘆息する陽菜。

どうやら大樹の性格では、娘の贈り物である浴衣を着るのにも、あれこれ理由ときっかけが必要みたいだ。

蕾は少しだけ悩んで、それからポケットの中に手を入れた。惜しい気持ちもあるが、『花火大会特別観覧席・ペアご招待券』を陽菜に差し出す。

「あの、これ使ってください」

ここで話題が出たのもなにかの縁だ。花は空で見なくとも、店で見るのでべつにいい。陽菜にはよくパンをオマケしてもらうので、蕾の心ばかしの恩返しである。

「え……でもいいの、蕾ちゃん？」

「はい。一緒に行く相手もいないので」

「あら、フローラル王子と行かないの？　デートは若いうちにしておいた方がいいわよ」

陽菜はなにか大いなる誤解をしているようだ。

「いいんです！　……というか、私と咲人さんはそんな仲じゃないですから！」

顔を赤くして否定する蕾に、あらそうなの？と不思議そうな顔をする陽菜。いたたまれない気持ちが押し寄せ、蕾はいささか強引に券を陽菜へと押しつけた。

「じゃあ、ありがたく頂くわね。これがあればさすがの旦那も、浴衣を着て来てくれるでしょうから」

「そうしてください」

「ありがとうね、蕾ちゃん。今度お礼に、ハニーパンをたくさんオマケしてあげるわ」

蕾の手から渡った券を大事そうに持ち、陽菜も大樹のあとを追って去っていく。

「あの券が、パンをオマケしてもらっているお礼なんだけどな……」

模様と共に、揺れる腰元に咲くアサガオを見送って、蕾は晴れ渡った空を仰いだ。

……本音を言えば、少し咲人を誘ってみたかったけど。

アサガオの花言葉は『固い絆』。

これは、支柱にぐるぐると、しっかりツルを絡ませて花を咲かせることに由来する。

陽菜たち植木家の家族の絆を深めるために、あの券は一役買ったのだ。そう考えれば、やっぱり券を陽菜に譲ったことは、いい選択だったのだろう。

「でも『ゆめゆめ』メンバーで納涼会でもして、市販の花火はしたいかも……」

提案してみようかなと、若干咲人の浴衣姿を諦めきれない蕾は、そんな未練を持って歩みを再開した。

お墓参りとヒマワリ

微かに空いた窓から、熱を帯びた風と蟬の合唱が、共に車内に流れ込む。

景色は一貫して青空と田んぼで、ときおり民家が見えるくらいの田舎道だ。

運転席には太い腕を剝き出しにして、太腿に咲くチューリップをゆらゆらさせながら、黙々とハンドルを操る葉介がいる。

茹《う》だるような夏の暑さが、街中に蔓延している七月の後半。

蕾は現在、『ゆめゆめ』のロゴ入りのワゴン車で、咲人たちと共に、店から車で四十分ほどかかる霊園へと向かっていた。

そこに、夢路香織は眠っているらしい。

なぜこんなことになったのか、蕾は緊張で硬くなった体をシートに預けながら、ぼんやりと思い返してみた。


一週間ほど前。いつもどおり、蕾は花屋『ゆめゆめ』で仕事をしていた。

半袖のTシャツにピンクのエプロン姿で、春よりも小まめに行わなくてはいけない花の水替え作業をしていた蕾に、少し改まったふうに声をかけてきたのは咲人だ。

「ねえ、蕾ちゃん。来週の定休日は、もう予定は埋まっているかな？」

いた。

大学のテスト期間ではあるが、前日にメインの教科は終えている。午後からなら空いていた。

実はちょっと、兄から買い物に付き合うよう頼まれていた気もするが、あんなのは予定とは言わない。反故《ほご》にしてなんの問題もない。

「でも……咲人さんと店長、その日は昼過ぎから、香織さんのお墓参りに行くって言っていませんでしたっけ……？」

地域によっては旧暦で、もうお盆の時期を迎えているところもあるだろうが、蕾たちが住むこの辺りは一般的な八月だ。お盆の墓参りにはまだ少し早い。

だがお盆は母の日に次ぐ花屋の繁忙期であるため、時期をずらしてまだ余裕のあるうちに、香織の月命日に合わせて行くことにしたと、前に蕾は聞いていた。

「うん。それなんだけど、蕾ちゃんももしよかったら……」

珍しく、言いよどみながら咲人が続けた言葉に、蕾は危うくバケツを取り落としかけた。

お墓参りに一緒に行かないか、と彼はそう言ったのだ。

新しいお店のメンバーを香織に紹介したいそうだが、一介のバイトである自分が、そんなお誘いを受けるなど、蕾は予想していなかった。

『ゆめゆめ』は今まで家族経営で、香織が亡くなってからは葉介と咲人のふたりだけで、ずっとお店を続けてきた。人を雇うのは蕾が初めてらしい。だからよければ香織にも……

という流れらしいが、咲人には他にまだなにか、蕾を連れて行きたい理由があるようにも思えた。

だが、そこを言及する前に、「どうかな？」と咲人にめったに見られない不安顔で聞かれて、蕾は反射的にOKサインを出してしまったのだ。

固まる体を動かし、蕾は流れゆく景色を傍らに、隣に座る咲人にコッソリと視線をやった。

明るい茶色の髪を風に煽られながら、彼は長い足を持てあますように組んでいる。

蕾が同行を了承したときの、咲人の輝かんばかりの笑顔が思い浮かび、蕾はなんとも言えない気持ちになった。

今でもここにいることが不思議で、場違い感が否めない。

そわそわと落ち着かない蕾とは反対に、咲人はこの日のために用意した仏花を、マイペースに指先で手直ししている。お墓や仏壇は花を供えるところが二箇所あるので、仏花も二束で一組だ。

瑠璃《るり》色の花びらが揺れる。ストケシアという花である。

北アメリカ原産のキク科の花で、細い花弁が幾重にも重なり、涼しげにふわりと軽く咲く。色は瑠璃色以外にも、薄ピンク・白・赤紫などが一般的だ。日陰でも咲いてくれる強靭な花であるため、真夏の花が少ない時期の花屋にとっても、大変ありがたい存在である。

以前は和風のいけ方が主だったが、今では和風でも洋風でもアレンジが施され、夏の花のひとつとして親しまれている。

そんなストケシアの花言葉は『追想』。

ストケシアは過去を偲《しの》ぶ意味もあり、こうして仏花にも使われるのだ。

ちなみに、墓参りには控えた方がいい花も一応ある。バラ、ピラカンサ、アザミなどの棘がある花や、スズラン、ジギタリス、スイセンなどの毒がある花は避けるのが無難だ。他にも支えが必要な花や、傷みやすい花、花弁が散りやすい花も、お墓参りの際はふさわしいとは言えない。

「父さん、携帯鳴っているよ？」

車内に振動音が響き、咲人が助手席に腕を伸ばして、葉介の携帯を手に取った。

「誰だ？」

「ミノルさん」

「出なくていい」

飛び出た名前は、蕾の知らない名前だった。咲人は「いいの？」と再度確認したが、深く頷く葉介に、諦めたように携帯を助手席に戻した。

助手席には他に、雑巾やバケツといった掃除道具と、香織が好きだったという上品なラベルの酒瓶が置かれていた。

「……香織さんって、お酒好きなんですね。なんか意外です」

少しでも気分を鎮静化させるため、蕾は別のところに意識を向ける。

「私の想像していた香織さんだと、咲人さんの淹れてくれるハーブティーとか、紅茶とか、お酒よりそっちを好まれるイメージでした」

「母さんは紅茶も好きだよ？　俺にあのハーブティーの淹れ方を教えてくれたのも、母さんだしね」

「香織は……見た目はふんわりしているが、相当の酒豪だ。いくら飲んでもまったく酔わない。顔色ひとつ変えず、日本酒だろうと焼酎だろうと次々飲み干していたぞ。咲人も香織に似て、酒に強いしな」

前方から低い声で飛んできた葉介の捕足には、どこか苦々しい響きが混じっていた。なにかお酒に関して、香織と苦い思い出でもあるのかもしれない。

「父さんはお酒、弱いもんね。飲み比べしたらすぐに潰れていたって、母さんから聞いたよ」

「うるさいぞ、咲人。香織が強すぎるんだ……！」

あまり普段は自分から香織について話さない葉介が、今日は運転しながらも過去の彼女との思い出を口にしている。気のせいでなければ、いつもより饒舌《じょうぜつ》だ。

彼らから漂う一抹の寂しさを感じながらも、それが蕾には新鮮に思えた。緊張がわずかに解《ほぐ》れ、夢路家のこんな話を聞けることがほんの少し楽しく感じる。つい「もっと香織さんの話を聞きたいです」と言えば、葉介はポツポツと語ってくれた。

＊

「それじゃあ、店の名前は『ゆめゆめ』はどうかしら」

女性らしい淑《しと》やかな手を合わせ、香織はにこやかに笑った。

整った面立ちに柔らかな目元が印象的な香織の笑顔は、そんな仕草ひとつで周囲を華やがせる。ハニーブラウンの長い髪は緩いウェーブを描き、彼女が動くたびに、ふわっと背中で揺れて花の香りを漂わせた。

商店街の老舗パン屋の小さなイートインスペース。

そこで香織と葉介は、丸テーブルを囲んで向かい合わせに座り、開業予定の自分たちの花屋について、コンセプトをどうするか話しあっていた。

「まあ……無難だな。名字の夢路から取って、だろ」

「それだけじゃないのよ？　素敵なお花に囲まれている、夢のような空間という意味も込めてみたの。そこに私たちの、花屋をやりたいっていう長年の夢も上乗せして、『ゆめゆめ』」

それでいいと葉介が頷けば、香織は流麗な動きでノートにメモを取る。

結婚する前から、ずっとふたりで計画を練っていた花屋をついに立ちあげるのだ。もう少し店名は捻りたい気もするが、考えすぎても決まらない。

趣味で集めたアンティーク類を取り入れて、落ち着いた雰囲気の内装にしたいという香織の意見も、葉介はそのまま採用する。

そもそも、他店で花屋勤めをしていて、出会った頃からいつかは自分の店を持ちたいと言っていたのは香織だ。余程のことがなければ、葉介は彼女の希望どおりでいいと思っていた。

そう、余程のことがなければ。

「でもね、私としては可愛い要素もほしいから、店のイメージカラーはあくまで薄いピンクが理想なの。だから、オーニングテントや仕事着のエプロンはピンクにしたいなって」

「……おい、ちょっと待て。ピンクのエプロンって、俺も着るのか？」

「もちろんよ」と言いきる妻は、自分の夫の容姿を理解していないのだろうか。

「絶対に嫌だぞ……！　エプロンだけは、黒か紺にしろ」

「ダメよ！　ピンクエプロンは譲らないわ！」

「それならお前だけ着ろ、俺は着ない」

「それもダメよ！　葉介さんにピンクエプロンを着てもらうのも、私の夢なんだから！」

ふんわりとした外見に反して、香織は頑固だ。普通、花屋のエプロンは花の色彩を邪魔しないよう、葉介の提案した黒系統が多いが、そこは『ゆめゆめ』独自のカラーを出すのに、香織は並々ならぬこだわりをもっているようだ。大きな瞳は強い意志を湛え、香織は葉介を射ぬく。

「だいたい葉介さんだって、プロポーズしてくれたときは、私にピンクのチューリップを贈ってくれたじゃない」

「……それとこれは話が別だ」

痛いというか恥ずかしいところを突かれて、一瞬怯《ひる》むものの、ここは葉介も譲れない。ただでさえ、知り合いには軒並み「葉介が花屋⁉　金融屋じゃなく⁉」と驚愕されているのだ。そこにピンクのエプロンまで加わったら、なにを言われるかわかったものじゃない。

「俺は絶対に着ないからな」

「……わかったわ。それなら勝負しましょう、葉介さん」

桜色の唇を持ちあげて、そんな提案をしてきた香織に、葉介は嫌な予感しかしなかった。今までの経験上、この微笑みを浮かべた香織に勝てた試しはない。

案の定、彼女が提示した勝負とは『飲み比べ』である。

「私が勝ったらピンクエプロン、葉介さんが勝ったら別の色でいいわ」

「コラ待て。それはお前に有利すぎるだろ……！」

香織はほとんどザルだ。酒に弱い葉介では、そもそも勝負にならないだろう。

不公平が過ぎると葉介は訴えたかったが、香織はすでに立ちあがり、今から酒を買いに行こうなどと言いだした。

こうなればもう、誰も香織を止められない。

結局、飲み比べは開始十分で勝敗が決し、花屋『ゆめゆめ』のオーニングテントとエプロンの色が決定した。

ひと通り聞きおえて、蕾は言葉が出てこなかった。

＊

どうやら本当に、香織に対して抱いていたイメージを修正しなくてはいけないようだ。

通常時なら絶対に口を割らない類《たぐい》の話をしたミラーに映る葉介の顔は、渋いお茶でも一気飲みしたかのように歪んでいた。横の咲人は「この話、何度聞いてもおもしろいよね」とおかしそうに笑っていて、なんというか、蕾はあらためて咲人は香織に似たのだなと思った。

ブブブッとまた携帯が鳴るが、これも同じ人からのようで、葉介は無視をする。

「付け足すとね、蕾ちゃん。前に父さんの頬の傷は、誤ってフローリストナイフで切ったものだって教えたでしょ?」

「あ、はい。お店を始めた頃にって……」

「あれはね、母さん曰く、ドアのガラス窓に映る自分のピンクエプロン姿が、作業中に視界に入って、あまりのミスマッチさに動揺して手が滑ったとか……」

「余計な付け足しをするな!」

楽しげに笑い声を立てる咲人につられ、蕾もつい笑ってしまう。緊張なんてすっかり姿を消している。

ピュッと窓から吹き込む風を受け、ストケシアが軽やかに揺らいだ。

聞けば聞くほど、もっと『香織』という存在について知りたくなるような、そんな不思議な感覚を覚える。

車は目的地に向かって、照りつける日差しを浴びながら順調に進んでいった。


お墓のある場所というのは、どれだけ陽光が地面を焼こうと、静かでひんやりとした空気が漂っている。その冷涼さを感じながら、蕾たちは駐車場に車を停め、墓石のある区画へと足を踏み入れた。

持参した酒瓶や掃除道具は、葉介と咲人が手分けして抱えており、蕾はふたりの計らいで軽い仏花だけを運んでいる。

羽織っている薄いカーディガンの袖を揺らしながら、蕾が柔らかな緑に包まれた霊園の中を見渡せば、お盆前の平日のためか、蕾たち以外の人影は見つからなかった。

「あれ？」

しかし、そう思った矢先。

蕾は人間ではなく、ひとつのお墓の前に立つ、大きなヒマワリを見つける。

天に向かって伸びるしっかりとした茎に、黄金の花弁の受け皿は、太陽の光を注がれキラキラと輝いている。

言わずと知れた夏の代名詞でもあるヒマワリは、盛りにはまだわずかに早いが、今日のような晴天の日にはやはりよく映える。

和名では『向日葵《ひまわり》』『日輪草《にちりんそう》』『日車《ひぐるま》』、英名だと『サンフラワー』、そして中国でも『迎陽花《げいようか》』などと呼ばれているように、ヒマワリはどこでも『太陽』を象徴する名前がつけられている。

歴史上のインカ帝国では、『太陽の女神』の化身であるともされ、神殿の巫女たちが、ヒマワリを模した装身具を身につけていたとも言われている。

だがもちろん、そのヒマワリは一番に蕾の視界のみに入っただけで、本当にお墓の前に、墓石よりも背の高いヒマワリが、太陽光を浴びて咲いていたわけではない。

そこにいたのは背負うようにして、大きなヒマワリの茎を背骨に沿わせて生やしている、ヒョロリと背の高い男性だった。

眩いほどに脱色した金髪はふわふわの猫っ毛で、横顔からでもわかる、女受けしそうな甘い相貌をしている。色気を感じさせるタレ目は、どことなく眠たげだ。白無地のロングTシャツに、黒のアンクルパンツ。首からリングネックレスを下げ、両耳ともピアスがジャラジャラついていて……はっきり言ってチャラい。

男にしては白い手には、お供え物であろう酒瓶が握られている。奇《き》しくも、葉介が用意した酒と同じラベルだった。

蕾は右隣の葉介に、「私たちの他にも、お墓参りにお酒を持ってきている人がいますね」と、そう話しかけようとしたのだが、その前に葉介は強面をさらに凶悪に歪め、「ああん？」と急に舌打ちをこぼした。蕾は普通にビビった。

そして葉介は大股で、靴音を響かせてヒマワリの彼に歩み寄る。咲人と蕾は慌ててそのあとを追った。

「おい、テメェ、ミノル。なんでここにいやがる」

「え？　……ああ、葉介くんっ！　やっぱり来たんだね。お盆前の月命日だし、今日来るかもって思っていたんだ！　お盆は花屋忙しいもんねー」

「いいから質問に……」

「会うのはサンカヨウのとき以来？　てかなんで電話出てくれないのー何度もかけたのに！　あ、咲人くんもいる！　こっちは久しぶりだねー。ん？　その子は彼女？」

「……くだらねぇこと喋ってねぇで、さっさと質問に答えろ！」

「わあ、痛い痛い！　マジ痛い！　なにって、フッーに香織さんのお墓参りに来ただけじゃん！　仕事の研修でちょうどこっち来てたからさー。べつになんにも悪いことしてないよ、俺！」

ヒマワリの彼ことミノルに、容赦のないヘッドロックをかける葉介。

ミノルは酒瓶を落とさないように気をつけながら、見た目のとおり緩い口調で、背中でぶらぶらと揺れるヒマワリと共に痛みを訴えている。

意図的に電話に出なかっただけあり、葉介の態度は厳しい。基本的に平和主義で善良な葉介が、ミノル相手には見たことのない荒っぽい言動を取っていて、蕾はびっくりした。

それから遅れて、ミノルが立っていたのが、『夢路家之墓』と刻まれた墓石の前であることに気づく。

ミノルはどうも香織とも面識があるようだが……夢路家とは、いったいどんな関係なのか。

「助けて咲人くん！」とミノルが泣きつき、咲人が葉介を宥めるまで、ふたりの小競り合いは続いた。


「えーと、蕾ちゃんだったね。はじめましてこんにちは！　俺は御棘《みとげ》ミノル。そろそろアラサーな、街のアパレルショップ店員です！　葉介くんとはちょっと？　歳が離れているけど、ほとんど親友みたいな？　そんな関係です。マブダチ、マブダチ」

「誰がマブダチだ……？　年上にタメ口をきく、前まで近所に住んでいただけの悪ガキだろうが。都合のいいときだけ人を頼って迷惑かけまくった、ただの疫病神だ！」

香織の墓の前で、蕾はあらためてミノルに自己紹介をされた。

まず蕾が驚いたのは、てっきり咲人と同じ大学生くらいだと思ったミノルが、予想より年上だったことだ。見た目もそうだが、言動に滲む無邪気な幼さが、彼を歳より若く見せているのかもしれない。

葉介とミノルは古い付き合いのようだが、話を聞けば聞くほど、その間柄は微笑ましいものとはほど遠かった。

当時は高校生で、以前まで『ゆめゆめ』の近所に住んでいたミノルは、その界隈では評判の悪童だった。言うなら不良である。こう見えて喧嘩も強いらしい。

両親はそんなミノルを放置状態で、揉め事を起こし怪我をしたとき、たまたま香織と葉介のふたりに助けられ、それからまだ開店して間もない『ゆめゆめ』に入りびたるようになったという。

「いいか？　蕾。コイツは一度、香織に怪我を手当てしてもらってから懐きやがってな。事あるごとに、花も買わないのに店に来てはダべっていく、営業妨害を繰り返した。それだけじゃ飽きたらず、他にもいろんな厄介事を持ち込んで、そのたびに俺がなぜか駆り出されたんだよ……！」

「近所では、俺の担当は葉介くんみたいになっていたからねー。その節はお世話になりました。おかげで丸くなって、今じゃこんなに更生したね。『ゆめゆめ』の影響で、すっかり俺も花好きに……あ、でも、あのサンカヨウを奪っていったのはひどいよ！　一番綺麗に咲いたのに！」

文句を飛ばすミノルは、カスミの祖母の一件で葉介が持ってきたサンカヨウの育て主だったみたいだ。あのとき、葉介がもらした「本来なら二度と会いたくない」という発言は、彼の心からの言葉であったらしい。

葉介はその鋭い目つきでミノルを睨みながら、「あのくらい当然だろ」と冷たく言い放つ。

今日はどうも、葉介の新たな一面ばかりを見てしまう。

「それにしても、咲人くんとは本当に久しぶりだね。大きくなったなー。ますます香織さんに似てきたね。俺と並ぶくらいのいい男になったよ」

「ははっ、ありがとうございます、ミノルさん」

「おい、うちの咲人とお前を並べんな」

そうやってひと通り挨拶らしきものを終えてから、ようやく葉介たちは、お墓の掃除に取りかかる。すっかり置いてけぼりを食らっていた蕾は、いそいそと手伝おうとする。

しかし、そこでミノルから声がかかった。

「一緒に水汲みに行こうよ、蕾ちゃん」

「え……」

気安げな誘いに驚く蕾。

咲人は自分が行きますと申し出てくれたが、どうもミノルは、初対面の蕾とふたりで話したいことがあるようだ。

意味ありげな笑みに蕾は恐々としながらも、手にしていた仏花を咲人に預け、ミノルに了承の返事をした。それから、香織のお墓から水汲み場までの道のりを、ふたりで硬い砂利を踏みしめながら歩く。

青いバケツをぶらつかせて進むミノルは、「蟬の求愛スゲー」とへらへらしているが、蕾はなぜ自分が指名されたのかわからず、さらにはミノルのような摑みどころのない人物との接し方もわからなくて、いささか気まずい思いを抱えていた。

それでも、話さない方がもっと気まずい。

蕾はなんとか共通の話題を探って、勇気を出して話しかけてみる。

「あの、ミノルさんは、香織さんとも親しかったんですよね？」

「そうだよー。葉介くんが嫉妬するくらいには仲良しだったね」

「香織さんって、ミノルさんから見て、どんな人だったんですか？」

香織のことをもっと知りたいという想いから、飛び出た質問だった。夢路家以外の人から見た香織は、どんな人物だったのか。

ミノルはヒマワリと共に雲ひとつない空を仰ぎ、考える素振りを見せる。

「ひと言で言うなら……〝優しい人〟だね。見知らぬ悪ガキの手当てをして、親身になって世話を焼く。でもそれが押しつけがましくない。そんないつだって自然体で優しい人」

「優しい人……」

「だね。でも、意外とお茶目」

それは、車で聞いた葉介の話からもわかる。振り回されていた葉介の姿を想像し、蕾は頬を緩めた。

「あとはそうだなー。〝好きなものがいっぱいある人〟かな」

「好きなもの？」

疑問符を浮かべる蕾に、ミノルはピアスを鳴らして首を縦にふる。細長い足で砂利を小さく蹴っ飛ばし、彼はそれから歩幅を緩め、蕾に歩調を合わせてくれた。

隣に並ぶと、見あげるほど背が高い。

ミノルは金色の髪を指先で弄りながら、ゆるゆると語りはじめる。

子供の頃、ミノルには〝好きなもの〟がいっぱいあったという。

愛情深い両親、優しい兄、親しい友達、楽しい学校、可愛い動物。嫌いなものより好きなものの方が圧倒的に多くて、ミノルの世界はいつだってキラキラしていた。

その頃の彼は、大人になったらもっといろんなことを知れて、いろんなことができるようになって、今よりいっぱい好きなものが増えると思っていた。早く大人になりたいと、そう願っていた。

「でも残念ながら、それはちがってねー」

「ちがった？」

「うん。歳を取ると、むしろ嫌いなものが増えたんだ。知りたくないことばっかり知っちゃって。昔好きだったものも、どんどん嫌いになった」

指折り数えるミノル。白い指先が順に折れていく。

「最初は親、次は兄貴。友達も気に食わない奴が増えて、学校もだんだん面倒になった。あんなに大好きだったのにねー。動物も好物だったはずの食べ物も、ぜんぶぜーんぶ、嫌いになった」

そんでグレた！と、ミノルは笑う。

「これ以上嫌いなものが増えるのが嫌で、俺は大人になんてなりたくなくなったよ。だけど、香織さんはそんな俺とはちがってね。俺より大人なのに、好きなものがいっぱいある人だった。お酒も好きだし、アンティークの雑貨も好き。子供も動物も人間も大好き。もちろん、嫌いなものや苦手なものもあったけど、それ以上にいっぱいの〝好き〟を抱えていた」

「……香織さんはやっぱり、とっても素敵な方だったんですね」

「うん。そんな中でも、花は特別かな。ほら、あの家族は揃って花バカだから。俺もね、花を贈ってもらったことがあるんだよー」

幼い顔ではにかむミノルの背後で、ヒマワリが陽を反射して強く輝いた。

＊

「ミノルくんには、ヒマワリが似合うと思うわ」

「ヒマワリ？」

いつもどおり、『ゆめゆめ』に花を買うわけでもなく、何気なく遊びに来ていたミノルは、香織の急な言葉に首を傾げた。

久々に学校に行けば、柄の悪い上級生に絡まれたせいで学ランが汚れている。柄の悪さは人のことは言えないが。どうやら自分は『不良』と呼ばれる類の生き物らしいと、ミノルはその頃自覚した。

たまにしか学校に通わなくなり、髪を金に染め、夜遊びも喧嘩もしていたら、たしかに世間一般で言う不良の条件に当てはまるようになっていた。

でも、いつからこんな調子になったのかはわからなかった。

中学を卒業するくらいから、嫌いなものが急速に増えたせいだろうか。親父が浮気したことで両親の仲が悪くなって、家の空気が濁りだした。帰るのが嫌で夜も外で遊び歩いていたら、連れ戻そうとする兄とも喧嘩し、険悪になった。

ミノルが辛うじて好きだと言えるものは、この花屋『ゆめゆめ』と、そこにいる人たちくらいだ。

自分が怪我をすれば、笑って手当てをしてくれる香織。来れば文句を言いながらも、相手をしてくれる葉介。そんなふたりの息子の咲人も、まだランドセルを担いでいる歳のわりには落ち着いていて、いっさい物怖じせずミノルに話しかけてくる。

この場所は、とても居心地がよかった。

「ほら、そっくり」

バケツからヒマワリを一本選んで、香織はミノルに見せる。

「『サンリッチオレンジ』っていう品種よ。ヒマワリにも種類があるの。これは花屋でよく見かけるやつ」

「ヒマワリって、全部一緒だと思ってたー」

「『小夏』っていう世界最小のヒマワリもあるし、『イタリアンホワイト』っていう珍しい白のヒマワリもあるのよ」

いつもなにかと楽しそうな香織だが、花について語るときが一番生き生きしている。珍しい花についても、こうしてミノルによく教えてくれた。前に聞いた、水に濡れたら透明になる花などは、ミノルでさえ少し興味を持った。

だけど、自分とヒマワリは似ていないとミノルは思う。

「なんで、俺とヒマワリ？」

「だって、背が高くて金の髪もそんな感じだもの」

「え、見た目の話？」

若干天然マイペースなところのある香織の発言には、たまに理解が追いつかない。

「ヒマワリって、『太陽の花』でしょー？　それなら、いつもニコニコしている香織さんの方が似合うよ」

「そうかしら？　私より、純粋で真っ直ぐなミノルくんの方がぴったりよ」

あまりにもサラッと褒められ、ミノルは反応するのに数秒時間がかかった。純粋で真っ直ぐなど、あまりにも自分に不釣り合いな評価だ。そんなふうに言うのは、きっと香織くらいだろう。

そうして、彼女はヒマワリの茎に、赤いリボンを結んでミノルに差し出した。

笑って、お土産にどうぞ、と。

そのときの笑顔が綺麗で眩しくて、やっぱりミノルにとって、太陽みたいなのは香織だと思った。

その日、ヒマワリを抱えた胸は速い鼓動を刻み、ミノルの頬はずっとずっと熱かった。

＊

「まあこのあとすぐ、葉介くんに『糞ガキにタダでいいやつ贈るな！』って怒られたけどねー」

「ははっ……」

「俺はあのヒマワリ、もらえて嬉しかったよ」

背中に咲くヒマワリを見れば、過去のミノルの喜びようがわかる。

蕾にしか見えないその花は、今も黄金色に輝くように咲き誇り、のびのびと日光浴に励んでいた。……なんとなく、ミノルを純粋で真っ直ぐだと言った香織の言葉も、そのヒマワリを見ていれば、わかる気がする。

よくヒマワリは、花が太陽の方向を追って動くと言われているが、これは実際にはいささかちがう。

一般的に植物の茎が、太陽光の強い方向に屈曲する、『向日性《こうじつせい》』。

その性質をヒマワリも持っているのだが、これはツボミをつけるまでの若い間に限る。開花する頃にはすでに成長が止まるため、ほとんど動かなくなるのだ。そして咲ききった花は、基本的に一定の方向を向いたままになる。

つまり、太陽を追いかけるのは、大人になりきっていない、まだ子供のときのみの衝動ともとられ、蕾はそこも、ミノルと通じるものがあるような気がした。

そして、ヒマワリの花言葉は『愛慕』『私はあなただけを見つめる』。

きっとミノルは、憧れにも似た、けっして叶いはしない……はじめから叶えようとさえも思わない、そんな淡い恋心を香織に向けていたのだろう。

「あとさ、さっき〝優しい人〟って言ったけど、俺は香織さんに、なんでそんなに花が好きなのかって聞いたことがあるんだ」

「……なんて答えていました？」

「『花のそばにいると優しい気持ちになれるから』、だって。花はそこにあるだけで、優しい存在だからーとか」

どこかで聞いたことのある言葉だと思えば、蕾はそれが、草太との会話に出てきた、咲人の言葉だったと思い出した。

あれは、母親の受け売りだったのか。

「そういえば香織さんは、咲人くんにもよく言っていたよ。『花のように優しい人になってね』って。ちなみに香織さんの言う〝優しさ〟は〝自分が辛いときでも人を想いやれる〟ってことみたい」

「辛いときでも、ですか」

「ほらさ、自分が幸せなときは、人にいくらでも親切にできちゃうじゃん？　けどさー、自分が苦しいときに、他人なんてなかなか気遣えないよねー」

「だからそういうときにこそ、人に優しくできる人に……と」

「そうそう。実際に香織さんは、自分が病気を患って辛いときでも、周りのことばっかり気にかけていたよ。……俺はさ」

ミノルはピタリと足を止め、軽く瞼を伏せた。

「……俺は、そんな香織さんが大好きでした」

居並ぶお墓と青空を背景に、猫っ毛を温風に靡かせながら。

懐かしそうに照れくさそうに、だけど仄かに寂しそうに微笑むミノルは、ちゃんと〝大人の顔〟をしていた。

そんな彼が背中のヒマワリと合わせて眩しくて、蕾は薄らと瞳を細める。

「水場、見えて来たね。行こっか」

「……はい」

再び歩みだせば、水場にはすぐ着いた。

蛇口を捻り、ミノルはさっさとバケツに水を入れおえる。そしてチャポンッと音を立てて、重量の増したバケツを軽々と手にし、来た道をすぐに引き返す。蕾も急いでそれに続いた。

その頃にはもう、ミノルへの苦手意識はすっかりなくなっていた。

「あ、話の続きね。香織さんはもちろんだけど、俺は葉介くんも好きだよー。あと咲人くんも好き。ていうか、俺は夢路家が大好き？」

「なるほど……」

今までの話を聞いていればわかる。ミノルの夢路家愛は本物だ。

「『ゆめゆめ』のおかげで、俺も花好きになって、嫌いなものもちょっと減ったしね。香織さんレベルには遠いけど、多少は人に優しくなれたかも。花のそばにいると優しくなれるっていうなら、俺にとっての花は、夢路家そのものって感じー」

言葉を区切り、「だからね」と、ミノルはそのタレ目に鋭い眼光を宿す。

「その夢路家に仲間入りしそうな、蕾ちゃんがどんな子なのか、確かめてみたかったの」

「仲間入り……仲間入り⁉」

花屋『ゆめゆめ』の仲間入りならともかく、『夢路家』の仲間入りとくれば、それはアレだ。なんというか嫁入り……。そうとしか取れない。

遅れて意味を察した蕾は、本日の平均気温を超すくらい、自分の体温が一気に上昇するのを感じた。

なんということを言いだすのだろう、このヒマワリさんは。

「ちがいますよ！　出会い頭も、咲人さんの彼女がどうとか言っていましたけど、そういうのとはちがいますよ！　私はただの『ゆめゆめ』の新人バイトです！」

「えーそうなの？　でも、『ゆめゆめ』が他人を雇うなんて初めてだし。わりと長く続いているんでしょ？　しかもお墓参りまで一緒に来るとか、ただのバイトなのに、おかしくなーい？」

「そ、それは、咲人さんのご厚意というか……っ」

「咲人くんの好意？　あー、ラブってやつね！　いいねー」

「ちがいますっ」

蕾は思わず強い口調になる。

「えー？　じゃあ、蕾ちゃんは咲人くんが嫌いなわけ？」

「き、嫌いなわけないですけど！」

「咲人くんが彼氏、もしくは旦那なら超素敵じゃない？」

「旦那⁉　いや、そ、それはまあ、素敵でしょうが……」

そういう問題ではないのである。だいたい、咲人にだって選ぶ権利があるはずだ。

蕾が慌てているのが楽しいのか、ひたすらニヤニヤと揶揄《やゆ》するミノルは、先程までの大人びた表情が嘘のようにガキ臭い。まさに葉介が言っていた、〝悪童〟という言葉がしっくりくる。

「蕾ちゃんなら俺的に合格だよ？　あの仏花を持っているときも、とっても丁寧に扱っていたし、花を大切にしているのがよくわかった。花好きは夢路家には必須！」

「そんなとこ見ていたんですか……」

「気に食わない奴なら、いじめて追い出してやろうとかも思っていたけどねー」

「え」

すぐに「冗談、冗談」と、ミノルは片手をひらひら振って撤回したが、蕾はわりと本気だったのではないかと思う。彼の夢路家、ひいては『ゆめゆめ』大好きっぷりを考えれば、あり得る話だ。

夏なのに、妙に冷たい汗が蕾の背中を伝った。

「咲人くんは、これだけは葉介くんに似て、お仕事ではしっかり者なんだけどさー。基本的にはやっぱ香織さん似で、天然で変に抜けているとこもあるんだよねー」

「言いたいことは、なんとなくわかりますけど……」

「そこも蕾ちゃんなら、うまくフォローしてくれそうだし。うん、ふたりなら俺、応援しちゃうよー」

勝手に盛りあがるミノルに、蕾の顔の熱はあがる一方だ。いっそ、彼の持つバケツの水を頭から被りたいほど、体のあちこちが熱かった。

なんなのだろう、最近は。兄といい、陽菜といい、ミノルといい。自分と咲人を誤解している。夏の魔物がそっちの思考に行かせたがるのだろうか。

せっかくいい話を聞けたと思ったのに、なんかもういろいろと台無しである。

結局、葉介たちのいるところに戻るまで、蕾は赤い顔を俯けて黙々と歩いたのだった。

「どうしたの、蕾ちゃん？　具合悪い？　今年は夏風邪が流行《はや》りみたいだし、熱があるんじゃ……」

咲人たちのところに戻っても、まだ顔の赤みが引かなかった蕾は、咲人にいたく心配された。

おまけに額に手を当て熱まで測られそうになり、軽くキャパオーバーにまでなりかけた。咲人はこういうことを素でやってのけるので困る。

葉介の方は、「おまえ、蕾になにした……！」と真っ先にミノルにあらぬ嫌疑をかけ、胸倉を掴んで締めあげるという、こっちはこっちでひと悶着あったのだが。

なんとか荒れた場は収束し、ほどなくしてお墓の掃除も無事に終了した。

現在は持参したお供えも飾りおえ、お線香に火をつけて、静かに手を合わせているところだ。

空に煙がゆっくりと立ちのぼる中での、しばしの沈黙のあと。

「『ゆめゆめ』は今年も、母さんが生きていた頃となんにも変わらず、マイペースに営業中だよ。売り上げはあんまり上がってなくてごめんね。俺は大学でまだまだ経営を学び中。父さんはまた子供に『魔王だ！』って騒がれて泣かれてたよ。常連さんの顔触れもとくに変化なしかな。少し店内のレイアウトは変更したけど、母さんの大事にしていたアンティーク類はどれもそのままだから、安心して」

多くを語らない葉介に代わって、咲人は身近な出来事を、思いつくままにツラツラと、香織の墓前で報告した。香織が入院していた間も、こうして葉介に代わり、店であったことは咲人がいろいろと伝えていたらしい。

そんなふうに言葉を紡ぐ、咲人の声はどこまでも穏やかだ。

最後に彼は蕾のことを、『ゆめゆめ』の新しいメンバーとして紹介してくれた。

蕾は恐縮しながらも、「よろしくお願いします」と、しゃがんだまま深々と頭を垂れた。

数種類の花が束ねられた仏花の中でも、ひときわその存在を鮮明に主張する白いキクから、淡い匂いが鼻孔に届き、心が落ち着いていく。

キクは本来は秋の花だが、これは夏ギクだ。日本で古くから愛され、弔事の際には欠かせない存在であるキクの花言葉は、『高貴』『高潔』。

その気品溢れる気高い姿から、鎌倉時代には後鳥羽上皇が好み、キクを自分の印として愛用していたとか。ここから、皇室の紋として定着していったとも伝えられている。

また、五節句のひとつである九月九日の重陽《ちょうよう》は、『菊の節句』とも称され、他にも『菊《きっ》花展《かてん》』なる伝統行事も催されている。

キクの匂いはお香に似ており、人の心を鎮静させる効果がある。キクの生える付近の水を飲むと長生きできるなんて言い伝えもあるほどだ。

そして……日本において弔いの色は『黒と白』だ。その白を代表するのもキクなのである。

顔をあげて、蕾はその豪奢《ごうしゃ》な花弁と、痛いほどの白を目に焼き付ける。

咲人はそんな蕾に横目で視線を送りながら、目元を優しく緩めた。

「……母さんが亡くなって、父さんと俺のふたりだけで『ゆめゆめ』を続けるか悩んで、一度は店を閉める話も出たんだけどさ。やっぱり続けてよかったよ。うちを好んで花を買いに来てくれるお客さんもいるし、蕾ちゃんっていう、頑張り屋なバイトさんも来てくれた」

その咲人の物言いに照れが生じて、つい蕾は「たまにレジ打ちとか失敗するし、伝票整理も遅いですけど……」と、いらぬ恥を明かしてしまう。

それに咲人が笑えば、後ろで控える葉介もミノルも微笑ましげな笑みを口元に乗せた。

「そんなわけで、母さん。花屋『ゆめゆめ』はまた明日から、俺と父さんと、新しいメンバーの蕾ちゃんとで、元気に営業します」

キクの匂いが仄かに漂う、香織のお墓の前で告げた咲人のその言葉は、金色の日差しの中に柔らかく溶けた。

風音に交じり、「頑張ってね」とエールを送る澄んだ声が、微かに響いたような気がした。


お墓参りが終わり、蕾たちとミノルは駐車場まで同行した。これから別の用事があるらしいミノルは、黒い愛用のバイクの前で、細い眉を下げて名残惜しそうな顔をしていた。

「今度はお店に遊びに行くねー」

「来るな。さっさと帰れ」

「いつでもお待ちしていますね」

葉介と咲人の対照的な返しに、ミノルはヘラリと笑った。そしてふと思いついたように、彼はヘルメットを持ったまま、葉介の方に視線を向ける。

「今度さ、お祝い用の花を注文したいんだ。お願いしていいい？」

「祝い？　なんのだ？」

訝しげに眉を寄せる葉介に、ミノルはなんでもない口調で話す。

「この前、兄貴から連絡が来てさー。久しぶりに会わないかって。親が離婚してから一度も顔合わせてないから、何年ぶりかもわかんないけど。なんか知らない間に結婚していて、今度子供も生まれるんだって」

「……会いに行くのか？」

ミノルの家庭事情を把握している葉介は、難しい顔で問いかける。わかりにくいが、心配している顔だなと、もうだいぶ付き合いの長くなった蕾には表情が読み取れた。

「うん。それ用の祝いの花だし。いつまでも、意地張っていられないでしょー、お互い」

ニッと口角をあげて、「だって俺、もう大人だし」と嘯《うそぶ》くミノル。

葉介は呆れたように溜息をついた。

「どんなギフトがいいかは、また連絡しろ」

「次こそちゃんと電話に出てよねー？」

そう言って手を振り、ミノルはエンジン音を響かせて去っていった。

……去り際に蕾を捕まえて、あることを耳打ちしてから。

それにうろたえながらも、蕾は葉介や咲人に続き、来たときと同じ『ゆめゆめ』のワゴン車に乗り込んだ。助手席はまた掃除用具などをまとめて置いたので、咲人と再び後ろの席で隣り合わせだ。

帰路につく車の中。

蕾は流れる空の雲を目で追いながら、今日の出来事を一から思い返していた。

最初はとにかく緊張していたが、夢路家のことがもっと知れて、香織に挨拶も無事にできたのでよかったと思う。イレギュラーな出会いだったが、ミノルとも仲良くなれた……というより、認められたみたいだ。ただ、さっきの余計なひと言はちょっと困った。

「次に香織さんに報告にくるときは、新人バイトとしてじゃなくて、咲人くんの〝彼女〟か〝お嫁さん〟としてだといいねー」なんて言うのだから。

そう蕾に爆弾を残すだけ残して、さっさと退場したミノル。あなどれないヒマワリ野郎である。

蕾は思い出して、また茹であがった頬をペチペチと叩いた。

行きの饒舌さとは異なり、葉介は普段の寡黙な彼らしく、無駄口は叩かずに運転に集中している。

咲人の方は、蕾の隣でその長い睫毛《まつげ》を静かに下ろし、シートに身を預け、うたた寝をしていた。大学の課題がなかなか片付かず、昨日は珍しく夜更かしをしていたらしい。

天然だけど基本的には隙のない咲人の気の抜けた様子に、蕾はちょっと可愛いなとか思ってしまう。

それにしても……と、チラリと蕾は、咲人の存外あどけない寝顔から、彼の胸元へと視線をズラした。

バイト募集の件で再会したときから、ずっと咲人の胸の上で、変わらず凛と咲き続ける、淡い紫の花。

蕾は最近になってきっとこの花は、葉介のチューリップやミノルのヒマワリと同じ、咲人にとって、大切な母である香織との思い出の花なのではないかと思うようになっていた。

しかし……季節的には今頃の花であるにもかかわらず、今日という日にもいっさい話題に出なかった。もしかしてちがうのかな、と蕾は思い直す。

だけど、それならいったいこの花は、咲人の心に住まう〝誰〟と〝どんな想い入れ〟がある花なのだろう。

チクリと胸が痛んだ気がした。

前々からいつか聞いてみたいとは思っていたが、そろそろ勇気を出して尋ねてみようか。

でも、聞くとしてもどんなふうに聞けばいいのか。

そんなふうに頭を悩ませているうちに、蕾もなんだか疲れが出てきて、徐々に瞼が重くなってきてしまった。

ハッピーフラワーデー

「『ハッピーフラワーデー！　大切な人に魔法の花を贈ろう！　～夏休み一日限定開講・手作りプリザーブドフラワー教室～企画主催＆特別講師＝花屋ゆめゆめ一同』……なんですか、このチラシ？」

「見たままだよ、蕾ちゃん」

夏休みもあっという間に日数が消費され、時は八月下旬に差しかかろうという頃だが、大学生はまだもう一か月休みがあるのがいいところだ。

海だー花火だーお祭りだーと、夏らしいイベントは友人や家族とひと通り満喫し、バイトの方のお盆の繁忙期もきっちり働きおえた蕾は、今日もまだ暑さの残る週の中日に、真面目に『ゆめゆめ』へと出勤していた。勤労学生である。

そうしてお客の相手もひと段落し、そこで咲人から渡されたのが、長ったらしい見出しの書かれた一枚のチラシであった。

「あの公民館の職員さんから頼まれてね。夏休みの子供向けの企画として、いろいろと教室を開催していたんだけど、まだ枠が空いていたらしくて。せっかくだから、なにか人を集められるいい企画はないか……って父さんがたまたま相談を受けて、それでうちが主催で、お花関係の行事をやることになったんだ」

「それで『手作りプリザーブドフラワー教室』ですか……」

おそらくまたもや葉介のお手製だろう、ハイクオリティな花の絵の載ったチラシをしげしげと眺め、蕾は興味深げにつぶやく。

最近ではずいぶんメジャーになったプリザーブドフラワーとは、『Preserved＝保存する』という意味のとおり、専用の液体を使い花から水分と色を抜いて、好みの色に着色し、美しい姿を長きにわたって保たせる、特殊加工の施された花のことだ。

気軽にできるが瑞々しさに欠けるドライフラワーとはまたちがい、それなりの手間はかかるものの、プリザーブドフラワーは本物の生花と遜色のない、生き生きとした質感を生み出せる。

また、普通にはない色合いの花をつくることも可能で、自分だけの作品をつくりあげる楽しみもある。水やりもいっさい不要なため、贈り物にも向いている。香りや花粉の心配も必要ない。

なによりその魅力は、アレンジの幅広さと、長期間保存可能、という点だろう。

普通に花束にしても可愛いし、グラスや小箱に入れてもいい。コサージュにだってできるし、生花では難しい額縁に入れて飾るのもアリだ。

保存状態がよければ、長くて十年、そうでなくても確実に数年は楽しめる。

あらゆる場面で注目されている、花の活かし方のひとつである。

「直射日光と湿気が苦手、っていう難点はあるけどね。そこに気をつけていれば、基本的には長持ちで、軽くて扱いやすいし。生花とはまたちがった魅力があるよね」

「でもその分、普通に売っているのを買うと、加工代がわりと高いんですよね……。前にネットで見たのも、結構いい値段しましたし。でも、うちの花を使って手作りするなら、意外と安くいけますかね？　加工した花はこっちで用意するんですよね？」

「うん。専用の液体で、一から俺と父さんがこっそりつくっていたんだ。つくりやすさで選んだから、花の種類は少ないし、あまり大きな作品は無理だけど。その分、参加料は安めにしたよ」

「いつの間にそんなことを……あ、本当だ。参加費、絶妙な料金で設定してありますね」

この値段と葉介作の出来のいいチラシなら、興味を持った人が集まるのではないだろうか。夏休みだし子連れの主婦や若い女性の参加者も呼べそうだ。人数制限はあるだろうが、盛りあがるに越したことはない。

「万李華さんに伝えたら、フラワーアレンジメント教室のお仲間さんに、声をかけてみるって言っていたよ。あそこの生徒にはうちの常連さんも多いから、見知った顔も結構来るかもね。商店街のあちこちにも、頼んでポスター貼ってもらうし」

「あ、それなら私も、知り合いに宣伝しておきます」

商店街にポスターを貼るなら、芽衣子の書店や陽菜のパン屋にも頼める。他にも自分は、カスミや学校の友達、どちらでもいいが幹也にもお知らせだけはしておこうと、蕾は考える。

そして多忙なお盆の裏側で、こんなイベントの準備をしていた咲人と葉介のバイタリティに、蕾はしみじみと感服した。

「場所は公民館のホール、日程は八月の最終の日曜日ですね」

「うん。教室は午後からだから、その日は午前中だけ営業するつもり。お盆さえ終われば、夏はもともとお客さんも少ないしね」

そもそも夏は花が暑さにやられ保存が難しく、商品自体も少ない。とくに切り花は売り上げがよろしくない。それならイベントを開いて、店の宣伝をしておこうという戦略もあるようだ。

「じゃあ私も、午後から公民館にお手伝いに行けばいいですか？」

「お手伝いもなにも、蕾ちゃんにはバッチリ先生をしてもらう予定だけど」

「まさかの⁉」

カウンターの上でチラシの束を整えながら、爽やかに無茶ぶり発言をする咲人に、蕾は目を見開いた。

咲人と葉介のふたりは、香織が健在の頃はよく家族でプリザーブドフラワーをつくって店に置いていたこともあるようで、アレンジの方も腕に覚えがあるらしい。しかし蕾の方は、生花のブーケ製作ならなんとか手慣れてきたが、プリザーブドフラワーなんて生まれてこの方、扱ったことは一度もない。

「さすがに教える側は無理ですよ……！」

「大丈夫、大丈夫。基本的に説明は俺と父さんがするし、内容的には先生っていうかアシスタントさんかな？」

「アシスタント……」

それなら、まだなんとかなるかもしれない。

希望を見いだす蕾に、「でも、ほら」と咲人はチラシの一点を指さす。

「講師は『花屋　ゆめゆめ一同』になっているからね。参加者側からすれば、蕾ちゃんも立派な先生だよ」

「とりあえず、一度やってみればいいだろ」

葉介の低い声が割ってはいる。彼は外で日光を浴びながら、店頭のコルクボードに新たに教室開催のお知らせを掲示しおえたようで、額に汗を浮かべて店内に戻ってくる。

お盆を過ぎても、まだまだ日差しの強さは収まりそうにない。

「まだ教室開催日まで日はあるし、蕾も試しに花の加工からやってみるといい。普段から花と触れあっているんだ、そう難しくもない」

たしかにある意味、バイト以外でも人に咲く花が見える蕾は、花との触れ合い時間なら人一倍だが、元来が器用な方ではないので、今からうまくできるか、つい不安になってしまう。

「蕾ちゃん、合言葉はね、『ハッピーフラワーデー』だよ」

「ハッピーフラワーデー？」

「そう。重要なのは楽しくつくること。参加者の方に、プリザーブドフラワー製作を通して、花について知ってもらって、あとはみんなで楽しむ。完成したあとは、自分用もいいけど、チラシにも書いたように、誰か大切な人や感謝を伝えたい人に贈るのもいいね。そうやってお花をきっかけに、一日ちょっとだけハッピーになっちゃおうって企画なんだよ」

「ちょっとだけハッピーに、ですか……」

「だから、うまくできるかどうかとかはあんまり気にしないで。蕾ちゃんも楽しむこと優先で、一緒にのんびり頑張ろう」

咲人の言葉には、いつも安心感と妙な説得力がある。葉介も同意するように頷いていた。

「そしてそこから、参加者が全員もっと花好きになって、うちにどんどん花を買いに来てくれるようになったら、言うことなしだ」

「だね」

さりげなく営業も仕掛ける予定満々の、抜け目ない夢路親子。

蕾の方は「ハッピーフラワーデー……ハッピーフラワーデーか」と、まるでおまじないのようにその言葉を繰り返す。心なしか気分が高揚して、楽しくなってくるような気がするから不思議だ。

そして蕾はもう一度だけ、チラシの『大切な人に魔法の花を贈ろう！』という一文に目を走らせた。

——大切な人に、魔法の花を。

手作りプリザーブドフラワー教室開催まであと数日。

「いい一日にできるといいね、蕾ちゃん」

「はい！」

にっこり笑顔の咲人にいい返事をして、ひとまず葉介の言うように、お試しで練習するところから始めようと、蕾は脳内で予定を組み立てる。それから、チラシを置いて花の水揚げ作業に取りかかった。


「くしゅんっ！」

小さなクシャミをこぼして、蕾は「お兄ちゃんの風邪がうつったかな……」と鼻をすすった。

咲人も以前に言っていたように、今年は夏風邪が流行っている。『夏風邪はバカが引く』ともいうが、その例に漏れず兄も風邪菌にやられた。頭に生やしたサボテンを心なしか萎れさせ、ごほごほと咳き込む幹也に、ここ数日無理やり看病をさせられたので、蕾が菌をもらっていてもおかしくない。

グレーのTシャツの上に羽織った、薄茶のロングカーデの前を両手で引き寄せる。下はバイト時と同じ、動きやすさを重視した黒パンツだ。

今から人が集まる場所に行くので、マスクでもしてくればよかったかもしれない。

そう少し後悔しながら、蕾は硬いアスファルトの地面を歩む。

あっという間に、今日は『プリザーブドフラワー教室』当日。

咲人曰《いわ》くハッピーフラワーデーである。

夏も終わりが近く、いささかおとなしくなった日差しが、公民館に向かう蕾のハーフアップにした黒髪を柔らかく撫でていく。

肩からかけている英字模様の大きなトートバッグには、財布やハンカチといった常備品、教室で着る仕事着のピンクエプロン、プリザーブドフラワーについて書かれた資料などが入っているが……もうひとつ。

中身を隠すようにしっかりと閉じられた、A4サイズほどの紙袋が収まっている。

「喜んでくれるといいけどな……」

そんなつぶやきを商店街の雑踏の中に溶かし、蕾は逸る心を表すように足を速めた。

参加者の数は早々に定員を超え、長机とパイプ椅子が並べられた公民館のホールには、早くもズラリと人が並んでいた。宣伝の効果はあったようだ。

そして、体のドコカに花を咲かせている人も多い。

最初の受付客で「夫と撮った写真と一緒に、自分の喫茶店に飾りたいんです」と、微笑んだ腕に紫のチューリップを咲かせた美人さん。店に来るお客さんの情報で、今日のイベントを知ったそうだ。

他にも見知った顔がチラホラいる。

カーネーションをお腹に抱えた万李華は、娘の千種とふたりで参加だ。今回、一番宣伝に口コミで協力してくれたのは、おそらく彼女だろう。千種は「これ、夏休みの自由工作にしていいかな？」とこっそり咲人に聞いている。どうやら宿題がまだ残っていたようだ。

蕾が誘ったため、カスミソウを背中に咲かせたカスミも来るには来たが、彼女は近くを通ったから顔を出しただけで、蕾にいつもの愚痴を受付でこぼして、すぐに帰って行った。また彼氏と別れて、これから合コンだと言って。

フラワーアレンジメント教室の生徒さんの参加者は、やはり多かった。どこか見覚えのある「か、彼氏の誕生日に……」と小声でボソボソとつぶやいた、ゴデチアを首元に生やすおとなしそうな女性も、教室の生徒さんのひとりらしい。

夏休みに帰省していた草太は、開催当日にはもう電車の中だったが、咲人から話を聞いて、「教室の成功を祈って！」と、タンポポに囲まれた『ダンデライオンと君と恋と』のイラストを色紙に描いてくれた。蕾はあとでもらえないか交渉するつもりだ。

それから芽衣子は応募を締め切ったあとに、アジサイを背負うモモと『ゆめゆめ』に申込みに来ていたのだが、ここは融通を利かせて葉介が参加ＯＫにしてあげた。ペットショップ勤務のミステリー好きな男性と現在交際中で、完成品はその人に贈りたいそうだ。

快くパン屋の窓ガラスにチラシを貼ってくれた、アサガオを腰に咲かす陽菜は、参加しないものの、差し入れにとたくさんのハニーパンを持ってきてくれた。蕾のおかげで、花火大会は夫の大樹と浴衣で参加できて、楽しかったと笑っていた。

ミノルはヒマワリを煌《きら》めかせ、申し込みしていないのに「来ちゃった！」と急にひょっこり現れたが、こちらは葉介に門前払いを食らった。勝手にイベントのことをミノルに教えた咲人に、葉介は怒っていた。

そんなこんなでなんとか受付を終え、思っていたより大勢の人を前にして、蕾は緊張しながらも気合いを入れる。

机の上には新聞が広げられ、葉介と咲人お手製のバラやカーネーション、ミニヒマワリやグリーン系のプリザーブドフラワーが、針金やボンドなどと一緒に置かれていた。

入れ物も複数用意され、ある程度のベースの形はあるが、あとは好きに花や器を選んで組み合わせていくスタイルだ。

「ちなみに、俺のおすすめは青いバラかな」

一足早く会場に着いていた咲人は、本物と遜色のない生気を宿すバラを手に、心なしか自慢気な表情を覗かせていた。どうも咲人の力作らしい。

プリザーブドフラワーにおいて、最もメジャーなのはバラだ。

単純に花びらが厚くしっかりしているため、加工がしやすいのである。また、花の王道中の王道で存在感もあり、生産量が安定していることも理由として挙げられる。

現在ではそう珍しくもなくなったが、かつては生花の青いバラをつくることは不可能だと言われていた。そのため、青バラの花言葉は『奇跡』『夢叶う』である。

プリザーブドフラワーで着色したブルーローズは、生《なま》の輝きではないものの、その花言葉どおり、奇跡を体現する神秘的な美しさを湛えていた。

これはフローラル王子のお墨付きということもあり、彼のファンである参加者の奥様方の集いでは、こぞって使いたがりそうだ。

そして、普段と同じ人好きのする笑顔を浮かべた咲人が、開始の挨拶をし、教室は定刻どおりに幕を開けた。


「お疲れさま」

咲人の声を背に、大きな鉢植えを持つのに慣れた蕾が、意外にも軽々と、花材の入った段ボール箱をホールから公民館の玄関まで運びおえた。

本当に重たいものは、おおかた葉介と咲人が運んでくれていたので、蕾の仕事はこれで終了だ。

プリザーブドフラワー教室は無事に幕を閉じた。みんなが満足そうな顔をしてできあがった品を持ち帰ったので、大成功と言っていいだろう。

葉介は公民館の管理人さんに呼ばれ、教室開催を引き受けてくれたお礼を長々と別室で述べられている。

「ありがとう。今日はもう大丈夫だよ。父さんの方はまだかかりそうだし、家まで送って行くつもりだったのにゴメンね。気をつけて帰ってね」

「あ、いや、あの、咲人さん」

ぐーっと伸びをする咲人に向かい、そして勇気を出して、「今ちょっと時間はありますか？」と蕾は切りだす。

「大丈夫だけど……なにかあった、蕾ちゃん？」

「いえ、その……わ、渡したいものがあって」

ここまで来たら、もうあとには引けない。

休憩室までふたりで移動し、蕾はロッカーに入れておいたトートバッグから、例の紙袋を取り出した。咲人に見えないように、中身をこっそり確かめる。大丈夫、崩れていない。

「蕾ちゃん？」

背後で様子を窺うような咲人の声がする。手早く前髪や服装のヨレも直して、袋から物を取り出し、蕾は咲人に向き合った。

その両手には、透明な小振りのケース。

驚きで目を丸くする咲人を前に、蕾はおずおずと言った。

「咲人さん……ハッピーフラワーデー、です」

蕾が差し出した透明なケースの中には、薄ピンクの陶器のマグカップに飾られた、白いガーベラのアレンジが入っていた。

ガーベラはバラに次ぐ花屋の定番で、一年中どこの花屋にもあり、リーズナブルでアレンジもしやすい万能な花だ。花名は発見者であるドイツの自然学者Gerber《ガーバー》にちなんでつけられている。

そんな花を蕾は、一からプリザーブドフラワーに加工した。

カップの中は色合いを持たせるため、目立ちすぎないように緑の実をアクセントに置き、他にもグリーン系をあしらっている。全体的に白と緑の爽やかな仕上がりで、そこにカップの極薄いピンク色が可愛らしさをプラスしている。

レースのリボンがちょこんとカップから飛び出し、真ん中には四角い小さなメッセージカードが斜めに刺さり、そこには……『ハッピーフラワーデー！　咲人さん、いつもありがとうございます！』と、手書きのコメントが書き込まれている力作だ。

「あの、咲人さんが前に、ハッピーフラワーデーでつくったものは、『誰か大切な人や、感謝を伝えたい人に贈るといい』って言っていたじゃないですか。だから、えっと」

咲人が品を受け取ってくれたことにホッとしながらも、蕾は言葉を選びながら説明する。

教室開催を知った日から、密かにつくって渡そうと、ひとりで計画を練っていたのだ。

「その、私もなにか、いつも仕事でお世話になっている咲人さんに、プリザーブドフラワーを贈りたいなと考えて……」

「だから、これを俺に？」

「は、はい！　あ、店長と香織さんの分もあるんです！」

蕾は空いた手で急いで、袋から残りのケースを取り出す。

こちらも咲人のとは色違いの水色のカップに、小さめの黄色のガーベラをふたつ並ぶようにして飾っている。メッセージカードには、葉介と香織のふたり分の名前と、感謝の言葉が綴《つづ》ってある。

ガーベラは色ごとにある花言葉も、どれも明るいものばかりだ。

そして蕾が咲人に渡すのに選んだ白いガーベラは、『希望』『律儀』『純潔』。蕾の中での咲人をイメージする言葉にどれもぴったりで、清潔で誠実さを表す白も、咲人にはよく似合うと思った。

葉介と香織に宛てて贈った黄色のガーベラは、『究極の愛』『親しみやすい』という意味がある。

黄色という色は、キリスト教ではあまりいい色とされておらず、その影響で花言葉にもマイナスな意味が多い中、これは非常に贈り物にも向いた素敵なメッセージが含まれている。

頬に傷を持つ強面のわりに、亡くなった妻をずっと想う葉介と、話を聞くだけで魅力溢れる人物だったらしい香織のふたりには、これまたふさわしいと思った。

「その、私より遥かにうまくつくれる咲人さんと店長……あと香織さんに、こんなものを贈るのはどうかなとは思ったんですけど。ど、どうしても、今日という日に贈りたくって」

「……いや、嬉しいよ。うん、本当に嬉しい」

品を丁寧に両手で持ち、「必ず大事にする。ありがとうね、蕾ちゃん」と、咲人は喜色満面の笑みを浮かべる。

普段から笑みの絶えない咲人だが、ここまで柔らかな顔を晒すのは初めてで、その純粋に喜びを表すどこか幼い表情に、蕾の心臓がドキリと脈打つ。

　完全に不意打ちである。

「でも、先越されちゃったな」

　頬に熱が集まるのを感じる蕾を前に、咲人は不意にそんなつぶやきを漏らした。

「先……？」

　首を傾げる蕾から、咲人は夫婦の分のケースも預かり、自分の分と合わせて丁寧に近くのテーブルに置く。そして意味ありげに目を細めたあと、彼は背後のロッカーを開けた。

　咲人が使用していたそのロッカーには、蕾の用意した紙袋よりも大きい、取っ手つきの紙バッグが居座っていた。

「一応持ってきていたんだけど、今日は渡せそうにないかな……って思って、明日にしようかと思い直していたんだ。もう店で渡そうかなって。でも、蕾ちゃんの言うとおり、これは今日、『ハッピーフラワーデー』に贈らなきゃダメだよね」

「えっと……？」

「でも驚いたな。蕾ちゃんが俺と同じ考えで、しかも同じガーベラを選ぶなんて」

　咲人の言葉に困惑しながらも、蕾の目に微かな期待がチラつく。

　――もしかして。もしかしなくても、咲人さんも。

「それじゃあ、あらためて俺からも。ハッピーフラワーデー、蕾ちゃん」

　柔らかな声音と共に、蕾の眼前に掲げられたのは時計だった。

白い四角のフレームにガラスが張られ、その中に針と文字盤、そしてそれを囲むようにピンクのガーベラが敷き詰められた、フラワークロックだ。

「これ、私に……？」

「うん。ピンクといえば、お墓参りのときに父さんの思い出話にも出てきた、母さんが決めたうちのイメージカラーでしょ？」

香織と葉介が飲み比べをして、香織が勝ったから決まった色だ。蕾もしっかり覚えている。

「『ゆめゆめ』の大切な従業員である蕾ちゃんに、俺もいつも仕事を頑張ってくれているお礼がしたくてさ。ピンクのガーベラの花言葉は『崇高美』っていう意味もあるし、いつも真っ直ぐにうちの花を愛してくれる、尊いお花愛を持った蕾ちゃんには、ぴったりかなって」

「そ、そんなたいそうなものじゃないですけど……っ」

なかば呆然としながら、蕾は渡されたフラワークロックをそっと受け取る。

縦横二十センチくらいの大きさで、壁にかけても置時計にしてもいい。見れば見るほど、商品として売ってもすぐにお買いあげされそうな、クオリティの高い出来だ。これを自分のために咲人が……と思うと、温かな歓喜がじんわりと体内を巡る。

すぐにでもお礼が言いたいのに、胸が詰まって口を開けない。

「……母さんが亡くなってから、ずっと俺と父さんだけでやっていた店に、バイトを雇うってなったとき。どんな子が来るのか少し期待と不安があったけど、蕾ちゃんが来てくれた。俺はいつも助けられているよ。来てくれたのが、蕾ちゃんでよかった」

咲人は胸の紫の花をふわりと揺らして微笑みかける。

「そんなっ、わ、私なんて失敗ばっかりで鈍臭いですし、たいした取り柄もないんです。なんとかやってこられたのも、咲人さんや店長のおかげで……！」

蕾の取り柄など、ちょっと人に咲く花が見えるくらいだ。

それを除いたら、自分は咲人みたいになんでもできるわけではないし、カスミほどお洒落でもない。兄みたいに、なにかひとつ夢中になれるものもなくて、地味に生きているだけという自覚がある。

「そうでもないよ？　蕾ちゃんには、蕾ちゃんだけのいいところがあるよ。誰にも真似できないようなね」

「そうでしょうか……」

「うん」

自信満々に咲人は肯定する。

「よければまだこの先もよろしくね、蕾ちゃん」

その咲人の言葉と笑みに、蕾はクロックを抱えて頷き返すのが精いっぱいだった。

休憩室内にはほんのりむず痒いような、穏やかな空気が流れている。

そんな中、咲人はふと思い出したように、今度はおかしそうな笑い声を立てた。

「……咲人さん？」

「いや、そういえばこの時期だったなあと思い出してね。蕾ちゃんが、うちの花たちに自転車で突っ込んだの」

「なっ！」

まさかの黒歴史の掘り返しに、蕾は喜びの余韻も吹っ飛び、焦りの声をあげる。

たしかにあれは、のちに蕾が『ゆめゆめ』で働くことになったきっかけの出来事でもあるが、ぶっちゃけ忘れてほしい事件だ。

「懐かしいなあ」

蕾の願いとは裏腹に、咲人が忘れる気配はない。

それどころか咲人は、蕾でさえ最近、ようやく脳内で薄れはじめていたあの日のことを、いつ起こったのかまで明確に記憶していた。当の蕾は、制服が夏服だったから、大きく括って夏の事件だったことくらいしかもう覚えていないのに。

「よ、よくこの時期って覚えていましたね、咲人さん」

「ん？　それはもちろん覚えているよ。だって俺はあのとき……」

そこまで言いかけて、咲人は「……まだいっか」と言葉を切った。

蕾が不思議に思い、問いただす前に、葉介が咲人を捜す声がドア越しに響く。咲人は「ちょっと行ってくるね」と席を外してしまった。

残された蕾は、腕の中のピンクのガーベラのフラワークロックを見つめながら、ゆっくりとあの日の事件から、今日までの日々を想う。

あれ以来、〝人の体のドコカに咲く花が見える〟という、奇妙な力を持ってしまった蕾。最初は花の呪いだと怯え、次に害はないが、たいして役にも立たない能力だと軽んじていたけれども。

『ゆめゆめ』で働くようになって、人の体に咲く花に込められた、様々な想いに多く触れるようになり、蕾はたしかに、何度かこの能力に感謝した。

花が見えるからこそ、わかった想いがたくさんある。

この能力のおかげで、確実に蕾の世界は広がったのだ。なにより、〝花〟という、香織曰く「そこにあるだけで優しい存在」のことを、もっと好きになれた。

そう思うと、自分のこの能力は悪くない。

むしろ、自分にとって必要な力だと思え、蕾は人知れずゆるりと笑みを浮かべた。

「くしゅっ！　っと、また咳が。……そろそろ私も帰ろう」

きっと咲人の胸に咲く花の思い出も、焦らずともいつかはわかる。これからやってくるだろう、新しいお客さんの体に咲く花も、蕾はこの先、知るのがただただ楽しみだった。

くもり、のち

翌朝、と呼ぶにはいささか遅い時間帯に、蕾は目を覚ました。大学が夏休みでバイトも午後からだと、つい寝すぎてしまう。

瞼を持ちあげてすぐに、ほんの少し体が怠いようには感じたが、動けないほどではない。蕾は二度寝しそうになるのを堪えて、窓から差し込む陽に引っ張られ、体を起こす。

その際に、ベッド脇のサイドテーブルに立てて置いた、咲人からの贈り物であるフラワークロックを視界に収め、ほんの少し頬を緩める。加工されたピンクのガーベラは、生花の瑞々しさをまだ感じさせるほど、愛らしく色付いている。

昨日は本当にいい一日だった。

ふわあとあくびをこぼして、ベッドから足を出す。そこで、なにかがいつもとちがうような、そんな奇妙な違和感を覚えた。

「ん……？」

部屋の中は普段と変わらない。鏡で自分の姿も映してみたが、違和感の正体はわからない。

ようやく気づいたのは、二階の自室を出て階段を下り、兄の幹也と遭遇したときだ。彼は眠たそうに洗面台の前で顔を洗っていた。

そんな彼の側頭部に……いつもなら咲いているはずのサボテンがなかったのである。

最初は「まさかマリリンから、別のアイドルに鞍替えしたのか……？」と邪推したが、兄は顔をタオルで拭きながら、マリリンのソロ曲を意気揚々と口ずさんでいた。

テレビでご当地アイドル『ハナハナ☆プリンセス』が地元紹介をしている様子が流れると、「やべえ、マリリンの勇姿を逃す！」と画面にかじりついたくらいだ。パンジーのときのように、マリリンとの思い出が彼の中で消えたから、サボテンも消えたということではなさそうだ。

……それならなぜ、サボテンが見えないのか？

蕾はそれについて疑問を抱けど、この段階では深く考えなかった。バイトの時間が迫っていたからである。

しかしながら、外に出て商店街の中を歩いても、行く人行く人にいっさい花が見えない。なにも人類全員に、想い入れのある花が咲いているわけではないので、たまたま花を咲かす人とまったくすれちがわない日もあるだろう。

しかし、『ゆめゆめ』に着いて、葉介の太腿に咲くピンクのチューリップも、咲人の胸に咲く上品な紫の花も、そこに存在していないとくれば、話は別だ。

そして蕾はようやく悟る。

自分は、〝人の体のドコカに咲く花〟が、見えなくなっている、と。

「ありがとうございました！　またのご来店をお待ちしております……ふう」

いつものように『ゆめゆめ』に花を買いに来た、常連客であるお花親子を店の外まで見送って、その姿が遠のいてから蕾は憂いを含んだ溜息を吐き出した。

気を抜くと、表情に影が落ちる。

人に咲く花が突然見えなくなってから、もう三日。今日も、万李華のお腹に宿るカーネーションは見えなかった。娘からの贈り物に喜び、あんなに色褪せない赤に染まっていたのに。他にも、名前に秘められた想いを、そのまま体現していたカスミソウも。どこか微笑ましい思い出のある、家族の絆を表していたアサガオも。どれも蕾の視界には映らなかった。

見えないだけで、そこにはちゃんと花があるのかもしれないが、そう思っても心細い気持ちは拭えない。まるで花に込められた大切な想いごと、すべて消えてしまったかのような錯覚を、蕾に抱かせる。

世界から花と思い出の色彩が消えてしまい、それが言いようもないほど、蕾にはひどく……寂しかった。

見えないことの方が普通だというのに。〝見えない今〟が当たり前のはずなのに、蕾の胸中には喪失感にも似た空虚な穴があいている。

いつの間にか、〝人に咲く花が見える〟という、役に立たないと思っていた能力は、蕾にとって欠かせない日常の一部と化していたようだ。

オーニングテントの下で、蕾はカラスの鳴く物悲しい声を聞く。辺りは一面茜色に染まり、もう夕暮れ時だ。

三日前から体の気怠さも変わらず続いているが、それ以上に花が見えないことのショックが大きく、ここ最近の蕾はぼんやりすることが多い。

今日も空のバケツに躓《つまず》いたし、昨日は電話の注文を取りちがえた。失敗続きで、お店にまで迷惑をかけてしまっている。

もう一度口をついて出た溜息を夕陽に滲ませ、蕾は重い足取りでトボトボと店内に戻った。

葉介は配達に出ていて不在だ。お客のいなくなった空間では、咲人がカウンターでひとり、静かに花束製作に勤しんでいる。スッと背を真っ直ぐに伸ばし、長い睫毛を思案顔で伏せて花を組んでいく咲人は、そのまま写真に納めてもいいくらいの優美さだ。

そんな彼の胸元には、ピンクのエプロンが皺をつくっているだけで、そこに紫の花など存在しない。

蕾はなんだか無性に泣きたい気分になり、きゅっと唇を噛んだ。

「どうしたの、蕾ちゃん？」

「え……」

「ここ最近、思い詰めている様子だけど……顔色もよくないし、今もとっても辛そうな顔をしているよ」

蕾の悲痛な様子に気づいた咲人が、花束を置いてそばまで走り寄ってきてくれた。「なにかあった？」と、端正な眉を下げて問いかけてくる。

体調を心配され、家まで送ろうかとも提案されたが、蕾は首を横に振った。体調も優れないが、それより心理的な問題だ。

「お客さんたちも心配していたよ？　蕾ちゃんにいつもの元気がないって」

「みなさんが……」

「さっきも千種ちゃんが、『なにか悩んでいる蕾ちゃんを、王子様らしく励ましてあげて、咲人さん！』って俺に耳打ちしていったし。昨日来ていた芽衣子さんも、『気分がスッキリする本を、今度蕾さんにお貸しすると伝えてください』って帰り際に言い残していったし。父さんも口には出さないけど、蕾ちゃんの様子がおかしいことには気づいているよ」

周囲の気遣いを嬉しく思うと同時に、心配をかけたことが申し訳なくもあり、蕾は足元に視線を落とす。目線の先には、落ちて誰かに踏まれてしまった花弁が、色艶を失いペタリと床に張りついていた。

「なにか悩み事があるなら聞くよ？　俺だと頼りないかもしれないけど、話すだけでも楽になるかもしれないし」

頭上から降ってきた控えめな申し出に、蕾が顔をあげれば、咲人は普段と変わらぬ穏やかな表情を浮かべていた。

蕾は迷う。

今まで自分の能力のことを、誰かに打ちあけたことはなかった。

親にも兄にも友人にも、体に咲く花が見える能力については、己の胸に留め、ずっと秘密にしてきた。わざわざ言う必要性も感じなかったし、明かしたところで信じてなどもらえないと思っていたからだ。

だが、咲人になら。

言ってしまってもいいような気がした。目の前で柔らかな眼差しを向けてくる彼になら、すべて包み隠さず話しても、無条件で信じてくれ、バカにせず聞いてくれるのではないかと。

咲人は黙って、見守るように蕾の返答を待っている。花の香りに交じって、優しいお日様の匂いがする。安心する、咲人の匂いだ。

「あの……ですね、咲人さん」

しばしの葛藤の末、蕾は乾いた唇を動かした。

『ゆめゆめ』の店頭の花たちに自転車で激突して以来、人に咲く花が見えるという奇妙な能力を持ってしまったこと。

体に咲く花は、その人がなにか想い入れのある花であること。そしてその花が、現在は急に見えなくなってしまったこと。

これらを蕾は、咲人の様子をチラチラと窺いつつ、拙いながらも説明した。

話を聞きおえた咲人はふむ、と腕を組んだ。

「なるほど……じゃあ突然だったわけだね？　蕾ちゃんのその能力が消えたのは。過去にはないのかな？　一時的に見えなくなったこととか」

「え……えっと、ない、ですね。ずっと見えていましたし、こんなケースは初めてです」

「原因として考えられることはあるかな？　たとえば視力が低下したとか。目にゴミが入ったとか」

「いや、あまり視力は関係ないです。私は目がいい方なので、両目とも一・五以上ありますし……目にゴミも、まずそういう物理的な問題では……というか、あの」

「ん？」

蕾は声を大にして叫ぶ。

「いくらなんでも、私の能力について、あっさり受け入れすぎじゃないですか……っ⁉」

いつか面接もどきを受けたときと同じ、蕾はアンティーク調の椅子に座らされていた。そばのカウンターの中には、佇んだまま話を聞く咲人がいる。まるで自分がお客さんになったみたいだ。

蕾の前には、咲人の淹れたほどよい温かさのハーブティーが置かれ、カップからは白い湯気が上っている。

意を決して話しおえ、蕾は咲人がなにひとつ動揺しなかったことに動揺した。

優しい咲人のことだ、頭から否定するようなことは言わないだろうとは思ったが、さすがにもっと驚くか、戸惑うかくらいはするはずだと予想していた。だが予想に反して、咲人に動じた様子はない。

「これでも驚いてはいるんだけどな」

「いえ、まったくそうは見えません」

実に涼しい顔をしている。

いとも簡単に蕾の話を信じ、すぐさま問題の解決法を探る姿勢に移行するのは、いくらなんでも適応力が高すぎるのではないか。

「もっと、こう、『えーその話、本当なの？』みたいなくだりがあっても……」

「だって本当なんでしょ？」

「ほ、本当ですけど！」

咲人はごくごく当たり前のように、「ならそんなこと、聞く方がおかしいよ」と言う。

「エイプリルフールでもないのに、蕾ちゃんが俺に変な嘘をつくわけないし。あんなに悩んだ顔をして、真剣に明かしてくれたのに、疑うなんて俺はしないよ」

そっと腕を伸ばして、安心させるように咲人は蕾の頭を撫でた。

「それに、〝人の想い入れのある花が見える〟能力なんて、すっごく素敵だよ。嘘だと思うより、真実だと信じる方がずっといい。むしろ俺からすれば羨ましいくらい」

「咲人さん……」

そうだった、この人はこういう人だったと、蕾は肩の力が抜けた。

天然でちょっとズレていて。でも不思議と人をホッとさせる。蕾の知る咲人はそんな人物だ。

香り立つハーブティーの湯気の向こうで、咲人はただただ、心地のいい木漏れ日のような眼差しを、蕾に静かに注いでいる。

「花が見えなくなった原因も、それが一時的になのか、これからも見えないままなのかも、俺にはわからないけど。視界から花が消えたとしても、そこまで落ち込むことはないと思うよ。考え方次第だよ、蕾ちゃん」

「考え方……？」

「うん。たとえば、そうだな……花が見えなくなった原因は、〝蕾ちゃんが花屋さんとして一人前になったから〟って考えはどうだろう？」

「花屋として一人前？」

思いもよらないことを言われて、蕾はパチパチと瞬きを繰り返す。

「そうそう。今までは人の体のドコカに、もうすでに〝咲いている〟花が見えていたわけでしょ？　でも蕾ちゃんは、この花屋で働くようになって、咲いている花を見るだけでなく、人に花を〝咲かす〟側になったんだ」

だって、花屋は人の心のドコカに花を咲かせるお仕事だからねと、咲人は誇らしげに笑う。

「花屋として一人前になって、蕾ちゃんが花を咲かす側になったから、神様がもうこの能力は蕾ちゃんにはいらないかも……って思って、花が見えなくなった。そう考えると、なんだか見えなくても前向きになれない？」

「たしかに……なんかそういうふうに考えたら、気分が軽くなったというか……。そこまで悩みすぎなくてもいい気がしてきました……」

ハーブティーのカップを両手で抱えて、蕾は咲人の言葉を反芻《はんすう》する。

考え方次第。何事もそうなのかもしれない。

茶色い水面に映る自分の顔は、朝起きて鏡で見たときより、心なしか晴れやかになったようにも感じた。「ありがとうございます、咲人さん」と小さくつぶやく。

一人前にはほど遠い気もするけれど。

本当にそんな理由なら、もし見えないままでも、そう暗く受け止めなくてもいいのかもしれない。

カップに口をつけ、まとう空気を緩ませた蕾に、咲人も口元を綻ばせる。

「もう一度見えるようになるなら、それに越したことはないけどね。ちょっと気になることもあるし」

「なにが気になるんですか……？」

「俺にはどんな花が咲いているのかなって」

パッと、咲人の顔が輝く。端整な面立ちに、まるで子供のような表情が乗る。

「ビオラも可愛くて好きだし、セントポーリアとかも可憐でいいよね。サンダーソニアも捨てがたい。あっ、でも、なにか特別な想い入れのある花が咲くんだっけ？　俺だとどれかなあ」

咲人は星でも散っていそうなほど、瞳をキラキラさせている。

その様子がおもしろくて、蕾は笑い声を漏らした。声を出して笑うと、心に溜まっていた靄が、外に出て完全に消えていくようにも感じる。

蕾はそっとカップを置いた。そして咲人に屈むように告げて、自分もカウンターに少し身を乗り出す。まるで内緒話でもするように、彼の耳元に唇を近づければ、柔らかな髪が頬に触れてくすぐったかった。

普段の蕾に比べたら大胆な行動だが、今は無邪気に己の花を想像する咲人に、答えをこっそり教えてあげたい気持ちが勝った。

ふたり以外に誰もいなくても、大切な〝秘密〟を密やかに明かすように、蕾は小声で告げる。

「咲人さんに咲いている〝花〟はですね――」

きょとんと、咲人が目を丸くする。

そして蕾の顔が離れた瞬間、今度は咲人が少し間を空けて吹きだした。

「ど、どうしたんですか、咲人さん⁉」

こちらもまた、予想外の反応だ。咲人は口に手を当てて肩を震わせている。

「い、いや、そっか、俺に咲いているのはあの花かあと思ってね。あらためて納得したというか……。そうか、そうきたか……っ」

「い、いったい、誰とどんな思い出が……？」

そんな笑える思い出なのだろうか。

「……蕾ちゃんは覚えていないんだね。まあ当然か。うん、それについては、いつか話してあげるよ。もうちょっとだけ先の、そう遠くない、いつかね」

「はあ……」

なにがなんだかついていけなくて、蕾は気のない返事をする。咲人はまだまだ笑っていて、これは生粋の王子様気質な彼には珍しく、爆笑というやつだった。

店内に響く軽快な声に合わせて、咲人の薄茶色の髪がピョンピョンと揺れている。

心なしか周囲に並ぶ花たちも、鮮やかに色づいて笑いあっているように見えた。

「よくわからないけど……咲人さんが楽しそうならいいです」

本人には聞こえない声で、蕾は気の抜けた声でつぶやいた。

彼が笑顔なら、もうなんでもいいんじゃないだろうか。

そう思ったとき、ようやく蕾は、自分が前々から患っていた軽い風邪が、いつの間にか悪化してきていることに気づいた。

結局その日は、配達を終えて店に戻ってきた葉介に、蕾は車で家まで送ってもらった。

帰宅後はご飯を食べてお風呂に入って、市販の薬を飲んで早々に眠りにつく。

そして、蕾は久しぶりに夢を見た。

いつもの『ゆめゆめ』のピンクのオーニングテントの下に、同じピンク色のエプロンをした咲人が立っている。その胸には、淡い紫の花が変わらず咲いていて。

咲人は「蕾ちゃん」と、普段どおりの柔らかな声で蕾の名前を呼び、綺麗な顔で笑っている。

ただそれだけの……なんてことはない、しかし蕾にとってはとても大切な、穏やかな〝日常〟の夢だった。

咲人と胸の花

「……懐かしいものが出てきたぞ。バイト募集のチラシだ」

蕾を送って戻ってきた葉介は、客が来ない間に、咲人とふたりで棚の整理をしていた。

「蕾ちゃんを呼び込むのに成功した、父さんの傑作？」

「今自分で見ても、かつてないほどバラのイラストがうまく描けているな」

チラシはすべて葉介作だ。

余談だが、咲人は絵がうまくない。むしろ壊滅的だ。

過去に美術の時間に、草太に「こんな弱点もあったんだな、お前……うん、これはひどい」と苦笑されたほどのレベルである。香織の絵も前衛的だったので、とことん咲人は香織似だ。

自作の出来に感心したように頷いて、葉介はチラシを棚に仕舞う。そのまま棚を閉めようとしたところで、咲人からの「待った」の声がかかった。

「それ、俺にちょっと貸してよ」

「なんだ？　今さら」

「いや、蕾ちゃんと話していたら懐かしくなってね。なんとなく見直したいなあって」

鉢を並べおえた咲人が、片手でチラシを受け取る。画ビョウの跡が残る紙は、日焼けして色褪せていた。

「……蕾といえば、悩みは解決したのか？　車では熱のせいでぼーっとしていて、落ち込んでいたのが復活したのかどうか、わからなかったが」

「そうだね……解決したとまでは言えないけど。一応、彼女の悩みは聞けたよ。きっと大丈夫じゃないかな？」

短く「そうか」とだけ返して、葉介はそれ以上追及しなかった。そのまま店の奥に消える父の姿を見送って、咲人はチラシを手に、フフッと思い出し笑いをこぼす。

咲人だって、蕾の能力の話を聞いて驚かなかったわけではない。

蕾には「どこがですか⁉」とまた突っ込まれそうだが、これでもかなり驚愕していたつもりである。

でも聞きはじめた最初から、それが法螺《ほら》話だとは微塵も思いはしなかった。蕾が自分に不用意な嘘をつくはずがないし、心配して真摯に尋ねてくる相手を、からかったり茶化したりする子ではないことも、咲人は知っている。

むしろ自他共に認める〝お花バカ〟である咲人は、彼女の能力を羨ましいとさえ感じた。

〝人には見えないものが見える〟という点で、今までもそれなりの苦労もあったかもしれないが……それでもやはり、咲人は蕾の〝人の体のドコカに咲く、想い入れのある花が見える能力〟は、心から素敵な力だと思う。

だから咲人は彼女の話を、すんなりと呑み込めたのだ。

「でも一番の驚きは、俺的にはこっちかなあ」

咲人は近くの棚に飾られた、卓上ミラーに視線をやる。丸いくすんだ銀のフレームに、細かな彫りの入った、童話の中にでも出てきそうな雰囲気のあるこの鏡は、母、香織のアンティーク雑貨コレクションの中でも、彼女がとくに気に入っていたものだ。

綺麗に磨かれた鏡面には、咲人の姿が映りこんでいる。

そのドコにも、咲人には花が咲いているようには見えないが……蕾には見えていたようだ。

彼女は咲人の耳元で、とっておきの秘密を明かすように教えてくれた。「咲人さんに咲いている〝花〟はですね――アガパンサスですよ」、と。


アガパンサスといえば、南アフリカが原産の、ヒガンバナ科の多年草だ。すっと伸びた長い茎に、花火のように小さな花が集まって咲く。六月から八月が見頃の、夏の花である。切り花だと葉をつけずに売っている場合が多く、暑さに強く丈夫であるため、花壇や鉢植えにも人気が高い。

咲人の胸に咲いているのは上品な淡い紫だというが、他にもピンクや白なども存在する。ヨーロッパではその色合いと、しとやかな姿も併せて好まれ、庭園でもよく見かける花だ。

「このあたりかな？」と、咲人が胸の上に、空いている手をそっと添える。蕾は「見えるだけで触れません！」と言っていたが、ここにアガパンサスの花が咲いているのだと思えば、自然と手つきもぎこちないものになる。

今年は早々に売れてしまって、『ゆめゆめ』にはもう置かれてはいないが、アガパンサスは梅雨から夏にかけて毎年、店頭で客引きをしてくれている花だ。

約一年前。

蕾がまだ高校の制服を着ていた頃、自転車で突っ込んだ例の事件のときにも、淡い紫のアガパンサスがバケツに入れられ、たしかに店先に並んでいた。

彼女はあの一件以来、人に咲く花が見えるようになったという。

その当時のことを思い起こし、咲人はゆるりと口角をあげた。


あれは、まだ夏の暑さが残る、雲ひとつないよく晴れた日だった。

客足も落ち着いたところで、咲人は流れるようにペン先を動かし、店の奥で事務処理に励んでいた。

近場の常連さん宅にブーケを届けるだけで、「すぐに済む」と言って出ていったはずの葉介は、なかなか戻ってくる気配がない。おそらく届け先の家の人に捕まっているのだろう。

きっとまた、庭の桜の木の元気がないから見てほしいとか、ついでに害虫被害への対策を教えてくれないかとか、業務外の頼まれ事でもされているにちがいない。

葉介は見た目に反して、頼まれると断れないタイプの典型だ。

香織はしばらく病状が安定していたが、また悪くなり入院している。不意に胸に暗い影が差し、咲人は切り替えるように頭を振った。

見えない先の不安に駆られていても仕方ない。店のことを、香織に頼まれているのだから。人手不足でそろそろバイトでも雇うべきか否かと、咲人はそちらの方に思考を傾ける。

トントンと、思案顔でペン先を鳴らした。

やはりひとりで考えるよりは、葉介と話しあった方がよさそうだ。咲人は書き終えた書類を揃える。お客さんが来たらすぐに出られるように、入り口の方に注意は向けつつ、ハーブティーでも淹れて一服しようかと、彼は立ちあがった。

そのときだ。ドンガラガッシャン！と、やけに派手な効果音が、店先から響き渡った。

慌てて咲人は、様子を見に入り口まで走る。そこで視界に飛び込んで来た光景に、咲人は瞳を見開いた。

店頭に並べられた花の群れの中に、制服を着た高校生くらいの女の子が、盛大に頭から突っ込んでいたのである。

道路に無残にも、車輪を空回りさせる自転車が転がっていることから、どうもバランスを崩して倒れ込んでしまったらしい。木造りの棚に自分が置いた、バケツに入った色取りの切り花たちは、余すことなく地面に散っていた。

咲人が声をかける前に、女の子は自力でなんとか起きあがる。

そして彼女が次にとった行動に、咲人は再び意表を突かれた。

「ごめんなさい！　本当にすみません！」

……そう、地面に転がる花たちに、彼女は頭を下げて謝ったのである。

髪はぐちゃぐちゃ、制服は水浸し。見たところ、擦り傷以外にも数箇所、打撲等の怪我もしているだろうに。でも、彼女はそんな自分を気にする素振りもなく、必死に地に転がる花たちを、謝罪を繰り返しながら拾い集めていた。

その姿が少しおかしくて、でもどこか微笑ましくて……つい魅入っていた咲人は、遅れて我に返り、「大丈夫ですか⁉」と駆け寄った。

ビクリと肩を跳ねさせ顔を向けた、今にも泣きだしそうな少女を安心させるため、柔らかく微笑んで、咲人は彼女から折れてしまった花たちを受け取る。丁寧に花を束ねて抱え、そっと空いた片手を差し出し助け起こせば、おずおずと彼女は礼を述べた。

そんな彼女の頭には、花の欠片が乗っていて――それは直撃を食らって一番派手にぶちまけられてしまった、淡い紫色のアガパンサスの欠片だった。

「失礼します」とひと声かけて摘まんで取れば、呆けた表情で自分を見つめる少女を、咲人はなんだか可愛らしく思った。

そのとき不意に頭を過《よぎ》ったのは、いつかの香織の言葉だ。

「咲人、あなたは優しい人になってね。花のように優しい人になってくれたら、お母さんは嬉しいわ」

心地のいい陽が降り注ぐ、散歩の途中だっただろうか。香織はまだ幼い咲人の手を引いて、まるで歌うように、そんなことを口にした。

彼女が口ずさむ澄んだ音が、咲人の小さな鼓膜を震わせる。

「母さん、優しい人ってどんな人？」

「そうね……〝優しさ〟ってのはいろいろあるから、難しい質問だけど。私の言う〝優しい人〟ってのは、〝自分が辛いときでも人を想いやれる人〟かしら」

「自分が辛いときでも……？」

不思議そうな顔をする咲人に、香織は頷く。

「そう。自分が痛くて辛くて泣きたいときでも、周りを気遣えちゃう人。下手をしたら自分のことより、ついそっちを優先させちゃうの。ある意味、不器用で損な人でもあるのかもしれないけど。お母さんは、そんな人はとっても優しい人だと思うわ」

「父さんみたいな？」

「そうね。あなたのお父さんもそういう人ね」

長い髪に光の粒子をまとわせて、香織は微笑む。

「咲人が私や葉介さんに似て、花を好きになってくれたのはよかったわ。花のそばにいると優しい気持ちになれるから。花はそこにあるだけで、優しい存在よね」

「花は好きだよ。綺麗で、見ているとふわふわするから」

「それはきっと、優しい気持ちを花からお裾分けしてもらっているのよ」

路肩に咲く野花が揺れた。「そうだ、そうだ」と香織の言葉に同調しているようで、咲人はおかしくなった。

「誰かにとって、あなたもそんな存在になってね、咲人。花のように優しい人に。そしていつか、同じように優しい、大切な誰かを見つけてくれたら、お母さんは嬉しいわ」

口元を綻ばせて、香織は「これはまだ早い話だったわね」とつぶやき、咲人の手をきゅっと握り直した。

遠い遠い過去のことだが、咲人はあのとき繋いだ手の感触も、紡いだ言葉も、不思議と色褪せず覚えている。

手の中にあるアガパンサスの花の欠片と、ようやく自分の身なりをあわあわと整えはじめた少女とを、咲人はこっそり見比べる。

香織の言葉に当てはめるのなら……自分がボロボロな姿でも、人どころか花のことを真っ先に気遣ったこの少女は、どこかちょっぴり抜けていて、でもきっと、とても優しい子なのだろう。

そのあと、咲人は少女を店内に招き、簡単な応急処置を行った。

チェーンの外れていた自転車は、店の裏の駐車場にひとまず運んでおいたので、葉介が帰ってきたら訝しむかもしれない。

自分のために淹れる予定だったハーブティーは、カップを客用のまっ白なものに替えて、少女へと差し出した。

……本当は、頬に絆創膏《ばんこうそう》を貼った少女と、いろいろ話をしてみたかったが。

恐縮しきっている彼女をそっとしておいた方がいいと判断し、咲人は名前ひとつ尋ねられなかった。

やがて少女の母親が迎えにきて、葉介とも対面し、この事件は片付いたのだが、なぜだか妙に咲人は、少女のことがずっと忘れられなかった。

それから数日後に、葉介と咲人はふたりで、香織の病院へとお見舞いに行った。ここ最近の店の状況を報告する中で、その少女のことも話した。

寝台の上で香織は耳を傾けながら、「おもしろい子ね」と笑っていた。

そして、言ったのだ。「また会えるといいわね。もし会えたら、今度は私にも紹介してちょうだい」と。

咲人はそうなるといいなと思いながらも、静かに頷いた。

少女がぶちまけた花は、使えそうなものは見つくろって、商品としてではなく展示用として、バスケットや瓶に飾って店の棚に並べた。

その中には、淡い紫の花を楚々としていくつも開かせる、アガパンサスも混じっていた。

アガパンサスは通称『愛の花』とも呼ばれ、古くから恋人同士で贈り合う花としても親しまれている。花名の由来も、ギリシャ語で『愛』を示す『agape《アガペー》』と、『花』を意味する『anthos《アンサス》』のふたつが合わさって、『Agapanthus《アガパンサス》』と名付けられているのだ。

あのアガパンサスの花を、頭の天辺《てっぺん》に乗せた少女の様子を思い出せば、咲人の口元は自然と緩む。

一緒に湧きあがるのは、春の陽だまりのような、胸奥をじんわりと満たす温かな感情だ。

愛を意味するアガパンサスの花言葉は、『恋の訪れ』。それに加え、恋心を伝えてくれる花ということで、『ラブレター』などという可愛らしい意味もある。


咲人はたしかにあの日。

まだ名前さえも知らない、みっともない姿で真剣に花に謝るような少女……蕾に、ゆるやかに恋をしたのだった。


……でもまさか、そんな花であるアガパンサスが、自分の胸に咲いているとは思わず、蕾に言われたとき、咲人は不意を突かれ、腹を抱えて笑ってしまった。

蕾には、「いったいどんなエピソードが……？」と疑問符を飛ばされたが、これはそう簡単には教えられない。

だってアガパンサスは、〝誰〟と〝どんな思い出〟のある花なのかと聞かれたら、なにを隠そう、そう聞いてきた本人である、〝蕾〟との〝出会い〟の花なのだから。


あの自転車の一件から、ほどなくして香織は亡くなった。

ひどい虚無感に襲われながらも、咲人がそこから立ち直れたのは、自分よりも辛そうな顔をしながらも自分を含めた周囲への気遣いを忘れない葉介と、守るべき『ゆめゆめ』という存在があったからだ。

香織の大切にしていた花屋『ゆめゆめ』を、咲人は守りたかった。

そしてなんとか葉介とふたりで、通常どおりに店の営業を続けた。そんな中で、春を前に、前々から考えていたバイトを雇おうという話になった。

葉介のつくったバイト募集のチラシを貼りながら、咲人の胸を過《よぎ》ったのは、いつかの少女の泣きだしそうな顔だ。アガパンサスを頭に乗せた、ちょっとだけ間抜けな、でも可愛いと感じたあの姿。

「あの子が来てくれないかな……？」と、少しだけ期待をしつつ、咲人はチラシを貼りおえた。

だから、店先に立つ、記憶の中の彼女の背格好とよく似た黒髪の女の子を見つけたときは、胸が高鳴った。

話しかけたらまさかの大当たり。あの自転車の子だとわかり、驚きと共にだいぶテンションをあげて喜んでしまったものだ。

咲人のこぼした、「すごいな！　バイトの募集を開始して一日目で、一番に君が来るなんて」というつぶやきは、彼の心からの歓喜を表していた。

でもそんなことは、きっと蕾は知らない。

このまま逃がすまいと、面接と銘打って、いささか強引にバイトの勧誘をしてしまったことを、咲人がほんの少し反省していることも。

展示会を一緒に見に行かないかと蕾に言いだすのに、実は結構緊張していたことも。

好みのタイプを聞かれたとき、頭にとっさに浮かんだのが蕾だったから、「花が好きな、優しい女の子かな」と答えたことも。

香織との「紹介してね」という約束を果たすために、蕾をお墓参りに誘ったことも。

白いガーベラのプリザーブドフラワーを贈られて、咲人が本当に本当に嬉しかったことも。

自分にだけ、隠していた能力の秘密を明かしてくれたことに……「彼女にとって、少しは俺って特別なのかも」なんて、ほんのり優越感を抱いて喜んでしまったことも。

どれもこれも、蕾は知らない。

そんなカッコ悪いこと、彼女は一生知らなくていいのである。


咲人は眺めていたチラシを、そっとカウンターに置いた。それから、箒を手にして掃除を始める。『ゆめゆめ』の閉店作業の流れは、朝に外へ出した商品を中に仕舞って、そのあとは落ちた花びらや葉っぱを残さないよう、気をつけながらの掃き掃除だ。

ただこれは、蕾が来てからは手分けをして行うことが多い作業なので、ひとりだと咲人は、どことなく味気ないようにも感じた。

彼女が一生懸命にバケツを運ぶ姿も、覚えた水揚げを嬉々として実践する様子も、花を買ってくれたお客様に深々と頭を下げるところも。咲人にとってはどれも微笑ましい。

それに蕾は、自分はたいした取り柄もないと言っていたが、そんなことはないと咲人は思う。

彼女は、誰かの心に違和感なく、自然と寄り添うのが抜群にうまいのだ。

相手に警戒心を抱かせず、いつの間にかそばにいて、愚痴でも内に秘めた想いでも、蕾にはつい話してしまいたくなる。この子なら聞いてくれそうだと、そう相手に思わせる雰囲気がある。

そして本当にちょっとだけ、その人の心が元気になる手助けをする。それこそ、花に足りない水を、じょうろでほんの少し注ぐように。

本人はまったく自覚はないようだが、それは誰にでもできることではない。

そんな彼女だから、神様は〝想い入れのある花が見える〟なんて愉快な能力を、蕾に与えたんじゃないかとも、咲人は話を聞きながらこっそり思っていた。

咲人はまだ、この胸にアガパンサスの花と共に秘めた感情を、蕾に明かすつもりはない。

急いてはことを仕損じる。

花だって綺麗に咲かすためには、焦りは禁物なのである。

今はゆっくりゆっくりと、咲人は蕾とこの『ゆめゆめ』で、まだまだ距離を縮めていきたかった。

せっかく蕾の〝秘密〟だって教えてもらったのだ。

「花が見えなくなった理由を、前向きに考えてみよう」とは言ったものの、とても素敵な能力であることはたしかだし、できれば風邪が治るのと同時に、彼女の視界に再び花が戻ることも願っておく。

咲人はもう一度、棚に飾られた卓上ミラーを通し、自分の胸元を確認した。

そして、花々の香りの中に柔らかな笑みを残してから、箒を動かす作業を再開した。

さて、すっかり顔色のよくなった蕾が、ひょっこりと『ゆめゆめ』に出勤してきたのは、それから二日後のことだった。

そして、「もう体は大丈夫?」と、労りの言葉をかけた咲人に、くしゃりと情けなく表情を歪めて、

「よかったあ、咲人さんの胸元に、紫のアガパンサスが咲いているー!」

と涙声で叫んで、力が抜けたようにしゃがみ込んだ。

咲人は、一瞬きょとんとし、次いで軽やかな笑い声を漏らしながら、いつかの出会ったときのように、へたり込む蕾に優しく手を差し出した。

エピローグ　あなたのドコカに花が咲く

秋を感じさせる涼しげな風が吹く、過ごしやすい晴天の日曜日。

時刻は小鳥が囀《さえず》り、太陽が目を覚ます早朝。

「咲人さん、もうお店を開ける時間ですけど、そっちは大丈夫そうですか？」

「うん。あとはこのポップを切り花のバケツに貼ったら準備完了だよ」

朝から出勤だった蕾は、鉢植えや苗を運んだり花の品質チェックを行ったりと、あくせく働いていたが、定刻どおりオープンができそうな段階まで辿りつけた。

咲人は手にカードサイズのポップを数枚持って、ペタペタとバケツに貼り回っている。

『本日のおすすめのお花！』『この花には癒し効果があります』など、紹介文の書かれたポップは、珍しく葉介ではなく、咲人のお手製のものだ。たまにはお前がやれと押しつけられたらしい。蕾は、咲人が微妙に嫌そうな顔をするところを初めて見た。

文字やレイアウトはとてもお洒落ですばらしいのだが、添えてある絵が本気でなにを描いたのかわからないあたりが、制作者が誰かを示している。

彼曰く、花籠を咥える芽衣子宅のモモを描いたらしいが、蕾にはそれが到底犬には見えなかった。未確認生命体だ。

「っと、そろそろエプロンもつけなきゃね」

ポップ貼りの作業を終えた咲人が、店の奥に一度引っ込み、ピンクのエプロンを身につけて戻ってくる。

『ゆめゆめ』と店のロゴが入ったピンクのエプロン。

それに胸元に咲く、淡い紫のアガパンサスが揃って、ようやく蕾の見慣れた、眺めるだけで落ち着く、いつもの咲人の姿になる。


風邪が悪化して、熱を出して寝込んだ次の日。

ひと晩寝てやっと熱が引いてきた蕾は、ベッドの上で目覚めてから、しばらく夢現《ゆめうつつ》の中にいた。

なんだか、とても穏やかな優しい夢を見ていた気がする。

ぼんやりと天井を見つめていたら、そこへガチャリと、ノックもなしに部屋に入ってきたのは幹也であった。

「おーい、大丈夫か？　林檎でも食うかー？」

トレーにうさぎの形に切った林檎を乗せて、幹也はのほほんとした声でそう言った。

首を回し、そんな兄に視線を合わせる。その側頭部に、トゲトゲのサボテンが生えているのを見つけ、蕾は瞳を限界まで見開いた。

「お、お兄ちゃん！　サボテン！　お兄ちゃんのサボテン！」

思わず飛び起きて、勢い余って意味のない言葉を連呼すれば、幹也は「お、おう？」と体をのけ反らせた。

「お兄ちゃんにサボテンが咲いている！」

「まだ熱があんのか、お前……。いやたしかに今日も、マリリンとの思い出のサボテンは、俺の部屋で元気に咲いているけどな」

林檎を置き、やっと染め直した髪を掻きながら兄が去ったあと、視界に戻ってきた花に、蕾は心の底からホッと息を吐き出した。

どうも体調不良のせいで、一時的に能力が消えていただけで、自分はまだまだ、〝人の想い入れのある花〟を見てもいいようである。

しかしながら、兄だけではまだ安堵できない。蕾は期待と不安を綯交《ないま》ぜにしてバイト先に向かった。

そして、咲人や葉介に咲くアガパンサスやチューリップも確かめ、あらためて蕾は涙腺が緩むほどに安心し、へにゃっと力が抜けたのであった。

「ただ、まあ、後々いくつか引っかかる点もあって、素直に喜びきれない面もあるわけですが……」

「なんの話、蕾ちゃん？」

思わず癖であるひとり言をこぼせば、花束を抱えた咲人が、不思議そうにこちらを見てくる。もう能力のことを隠す必要もないので、蕾は今しがた漏らした発言について、咲人に向かってポツリポツリと話しはじめた。

「実はですね、もう一度花が見えるようになって、もとに戻っただけかと思っていたんですが……」

「うん」

蕾は自分の手を、やんわりと胸の上に置く。

「今日の朝一に鏡で見たら、以前まではなかった、私の胸元にも、その……」

「え、蕾ちゃんにも花が⁉」

大袈裟に驚く咲人。

それまで蕾は、他人に咲く想い入れのある花は見えれども、自分に咲く花は見えなかった。

もしかしたら、単純にまだ〝一番の特別な想い入れ〟がある花が、己になかっただけなのかもしれないが。占い師が自分の運勢は占えないという、よくある話と同じように、自身の花は見えないものなのだと、自然と受け止めていた。

だけど、起き抜けに部屋の全身鏡を視界に入れて、蕾にもたしかに〝それ〟は生えていた。

ただ……ただ、である。

「なにかな、蕾ちゃんの花は？　花言葉が『青春の喜び』のクロッカス？　季節は終わっちゃったけど、『繊細な美しさ』って意味を持つハイビスカスも華やかでいいよね。これからなら、ストレプトカーパスとか、ネリネなんかも可愛くていいし……」

「あ、あの、ストップ！　ストップです、咲人さん！　期待にお応えできる代物ではないのです、本当！」

どんどんひとりで盛りあがっていく咲人に、蕾は慌てる。

楽しそうに想像を巡らせる彼に、これ以上期待値をあげられる前に、蕾はさっさと白状することにした。

「私に咲いているのは、〝蕾〟なんです……」

「え？」

「で、ですから！　私に咲いているのはなんの花かもまだわからない、小さい小さい〝蕾〟だけなんです！」

……そうなのだ。

蕾に咲いているのは、まだ正確には花を咲かせてはいない花未満の代物。

小さすぎて、形だけではいまひとつなんの花が飛び出てくるのかも判断できない、辛うじて「花弁はピンク系……？」とわかるくらいの、固く閉じられた蕾だけなのである。

「〝蕾〟に〝蕾が咲いている〟とか、捨て身のギャグみたいで本当に恥ずかしいんですけど……っ。咲人さんにはいろいろ明かしちゃっていますし、相談にも乗ってもらっているので、これも言っといた方がいいと思いまして」

「……そっか。恥を忍んで、〝俺だから〟教えてくれたんだね。他の人には言ってないの？」

「言っていませんよ！　というか、この能力の秘密を話した相手も、咲人さんだけですから！　咲人さんが特別なんです！」

その言葉に「そっか」とつぶやき、咲人は心底嬉しそうに、ふんわり蕩けるような甘い笑みを浮かべる。

それがフローラル王子の本領発揮といった具合の、慈愛に満ちた笑顔であったため、間近で直視してしまった蕾は、一瞬にして脳みそが沸騰するかと思った。

『花さえ霞む微笑み』と、花屋が言ってしまっていいのかはわからないが。

本当にそれくらい綺麗な笑みだったのである。

「それがどんな〝蕾〟なのか、俺には見えないけど……きっと綺麗な花が咲くよ」

まっ赤な顔で固まる蕾に、咲人はそう言って、花束を抱えてもう一度微笑んだ。

蕾がなにかを言い返す前に、チリンチリンと音を立ててドアが開く。

まだ年若い女性が、窺うように顔を出した。

どうやら話しているうちに、もう店を開けなくてはいけない時間になっていたらしい。

奥から顔を覗かせた葉介が、いち早く対応に出る。

蕾も即座に切り替え、「いらっしゃいませ！」と声をあげた。

——あの人は、どんな想い入れのある花を咲かせるのだろう。

そんなことを想像しながら蕾は今日も、花屋『ゆめゆめ』で、誰かのドコカに花を咲かすお手伝いをしている。

開いたドアの隙間から吹き込んだ秋風が、花の香りを外へと連れ出し、街のあちこちへと運んでいった。

おわり

あとがき

はじめまして、編乃肌と申します。

本書をお手に取っていただき、心よりお礼申し上げます。

本作は、小説投稿サイト「小説家になろう」様で掲載していた作品で、この度、『第2回お仕事小説コン』にて特別賞を受賞し、こうして本という形にしていただきました。

お花屋さんの話を書こう！と思いたち、小学生の頃に読んでいた花言葉の本を引っ張り出してきたのですが、読み仮名が汚い字で書いてあったり、変な付箋でベタベタだったりと、すごく読み込んだ跡があって、私自身がびっくりしました。「この花は○○ちゃんの誕生花！」なんてメモもあったり……。

思えば、昔から花や花言葉が好きだったんだなあと、しみじみしました。そこから、お花好きな登場人物たちが生まれ、商店街の小さな花屋『ゆめゆめ』が誕生しました。

本作の主人公、蕾は、〝人の体のドコカに咲く、想い入れのある花が見える〟という不思議な能力を持っていますが、この能力はそんなに凄いものではありません。日常のおまけ程度の能力です。

だけど、そこに咲く花のことや想いがわかれば、ちょっと素敵。そう、読んでくださった方に、少しでも思ってもらえたなら、作者としてはとても嬉しいです。
興味を持ってもらえたら、ぜひブーケやプリザーブドフラワーの製作も試してみてください！　楽しいですよ！

また、ここでお礼を。美しすぎるカバーイラストを描いてくださった細居美恵子先生。一からご指導いただいた編集の方々、本当にありがとうございます。素敵な本にしていただけて、感謝の言葉が尽きません。
受賞を一緒に喜んで、お祝いしてくれた友人、家族。サイトの方で感想などを書いていただき応援してくれた皆様。何度でも頭を下げられます。
そして最後に。本書をお手に取ってくださった読者様。本当に、本当に、ありがとうございます。ほんの少しだけ、前より花を好きになってもらえたら、蕾や咲人も喜ぶかと思います。

どうか、この本を読んでくださったあなたのドコカにも、綺麗な花が咲きますように。

編乃肌　拝

この物語はフィクションです。
実在の人物、団体等とは一切関係がありません。
刊行にあたり『第2回お仕事小説コン』特別賞受賞作品、
『あなたのドコカに花が咲く』を、改題・加筆修正しました。

■参考文献
『花の手帖―カラー写真と文献例とでつづる花の歳時記』(小学館)
『雑草の呼び名事典』亀田龍吉(世界文化社)
『花の名前』高橋順子、佐藤秀明(小学館)
『誕生花366の花言葉』高木誠(大泉書店)
『花束作り基礎レッスン　フローリストマイスターが教える初心者からわかる』橋口学(誠文堂新光社)
『花束デザインブック　人気フローリストのギフトブーケと基本の作り方&ラッピング』フローリスト編集部(誠文堂新光社)
『すてきなお花屋さんをはじめる本』hanamako(秀和システム)
『花屋さんで人気の421種 大判花図鑑』モンソーフルール(西東社)

編乃肌先生へのファンレターの宛先

〒101-0003　東京都千代田区一ツ橋2-6-3　一ツ橋ビル2F
マイナビ出版　ファン文庫編集部
「編乃肌先生」係

Fan
ファン文庫

花屋「ゆめゆめ」で不思議な花束を

2017年3月20日　初版第1刷発行

著　者　　編乃肌
発行者　　滝口直樹
編　集　　田島孝二（株式会社マイナビ出版）
　　　　　須川奈津江
発行所　　株式会社マイナビ出版
〒101-0003　東京都千代田区一ツ橋2丁目6番3号　一ツ橋ビル2F
TEL 0480-38-6872（注文専用ダイヤル）
TEL 03-3556-2731（販売部）
TEL 03-3556-2733（編集部）
URL http://book.mynavi.jp/

イラスト　　細居美恵子
装　幀　　関戸 愛＋ベイブリッジ・スタジオ
DTP　　株式会社エストール
印刷・製本　　図書印刷株式会社

●定価はカバーに記載してあります。●乱丁・落丁についてのお問い合わせは、
注文専用ダイヤル（0480-38-6872）、電子メール（sas@mynavi.jp）までお願いいたします。
●本書は、著作権上の保護を受けています。本書の一部あるいは全部について、
著者、発行者の承認を受けずに無断で複写、複製することは禁じられています。
●本書によって生じたいかなる損害についても、著者ならびに株式会社マイナビ出版は責任を負いません。
©2017 Aminonada ISBN978-4-8399-6197-8
Printed in Japan

プレゼントが当たる! マイナビBOOKS アンケート

本書のご意見・ご感想をお聞かせください。
アンケートにお答えいただいた方の中から抽選でプレゼントを差し上げます。
https://book.mynavi.jp/quest/all

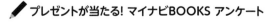

Fan
ファン文庫

しつけ屋美月の事件手帖
〜その飼い主、取扱い注意!? 〜

「犬より飼い主《あなた》のしつけが必要よ！」

著者／相戸結衣　イラスト／あんべよしろう

敵は家庭内にアリ!?　『愛犬しつけ教室ステラ』の
ドッグトレーナー・美月のもとにやって来るのは…。
その家庭内トラブル、しつけ屋が解決します！

ファン文庫

ダイブ！

潜水系《イルカ》公務員は謎だらけ

「おかけになった電話は、
現在かかりません」

大企業に勤める里佳子は、秘密の多い海上自衛官、
それも潜水艦乗りの剛史との出会いによって、
人生が大きく変わっていき…？　呉＆神戸が舞台！

著者／山本賀代
イラスト／げみ

Fan
ファン文庫

おいしい逃走《ツアー》！ 東京発京都行

謎の箱と、SA《サービスエリア》グルメ食べ歩き

著者／桔梗楓
イラスト／マキヒロチ

「第２回お仕事小説コン」優秀賞！
実在のご当地グルメが盛りだくさん♪

東京―京都間を逃げまくれ!?　スピード感あるドタバタ旅グルメミステリー！　装画は『いつかティファニーで朝食を』等を手掛ける漫画家・マキヒロチ氏。